自律型機械人形オートマタ
エリス・
オートマトン

「《大結界生成》《大天使の息吹》」

「宝!? お、お芋ですか!?」
謎の少女
パウリナ

「《決戦》付与！」

愛の力じゃ!!

「その【宝】を渡してもらいます」
「魔大陸では芋ドロボーのためにここまで大がかりなことをするのか？」
真の賢者
アリアケ・ミハマ

勇者パーティーを追放された俺だが、俺から巣立ってくれたようで嬉しい。

……なので大聖女、お前に追って来られては困るのだが？

7

CHARACTERS

アリアケ・ミハマ

勇者パーティーの荷物持ち《ポーター》で無能扱いされていたが、その正体はありとあらゆるスキルを使用できる《真の賢者》

ラッカライ・ケルブルグ

聖槍に選ばれた弱気な槍手。普段は男として振る舞うが、本当は女性。アリアケを師としても男性としても慕う

アリシア・ルンデブルク

勇者パーティーの大聖女にして国教の教皇。アリアケの追放後にパーティーを抜けて、彼を熱心に追い続ける

コレット・デューブロイシス

竜王ゲシュペント・ドラゴンの末姫。千年間幽閉されていたところをアリアケに救われてから彼に同行している

ビビア・ハルノア

聖剣に選ばれし王国指定勇者。アリアケを追放したため彼のサポートを失い、現在転落街道まっしぐら

ローレライ・アルカノン

かつては勇者パーティーに巻き込まれ酷い目に遭っていた回復術士。大教皇リズレットの娘。無自覚ドS

フェンリル

アリシアに付き従う十聖の獣。人間形態は美しい女性。主《アリシア》の主《アリアケ》を気に入った様子

CONTENTS

これまでのあらすじ

「お前は今日から勇者パーティーをクビだ！」
「馬鹿が、それは俺のセリフだ」

真の賢者アリアケ・ミハマ。
神託により、あらゆるスキルを無尽蔵に繰り出しながら王国指定勇者パーティーのサポートに徹していたが、
勇者ビビアから無能扱いを受け追放されてしまう。
面倒な役目からようやく解放されて喜んだアリアケは、念願だった静かで自由な旅を始めることに。
だが、アリシアやコレットたち賢者パーティーの仲間とともに、
旅の先々で圧倒的な活躍を見せてしまい、図らずもアリアケは注目を浴びる日々を送ってしまうのだった。

千年前の世界に飛ばされたアリアケ(とビビア)。
過去のフェンリルの助力を得ながら現代へ戻る方法を模索する中で、
アリアケは邪神ナイアの「滅亡種人類飼育計画」阻止へと動き出す。
同じく時間転移をした仲間たちも加わり大激戦の末、
過去と未来二人のフェンリルとともに邪神ナイアの無力化に成功。和解したナイアの協力、
幼きフェンリルとの再会の誓いの下、現代へ帰還を果たすのだった。

1、魔大陸からの刺客

普段はのんびりとした【エンデンス大陸】最北端の海辺の街『バンリエ』は、今まさに恐怖と混沌に包まれていた。

国境警備兵たち、そして臨時で雇われた冒険者たちは余りの恐怖に身動きすら取れない。

それもそのはずだ。

目の前の海から次々に上陸してくるモンスターは、Sランク冒険者がいてやっと太刀打ちできると言われる伝説級のモンスター。オーガの王といわれる存在。

その名は『キング・オーガ』。

体長は20メートル以上、一歩一歩が大きく、人間など蟻《あり》のようにしか見えない。

それが【10体】という大軍で進撃してきたのである。

「あ、ありえない。あれはキング・オーガだ」

「馬鹿な!?」

「信じられない！　た、助けてくれ！　死にたくない!!」

兵士たちや冒険者が叫ぶのも無理はなかった。

なぜなら、キング・オーガとは【魔大陸】にしかいないとされる、恐るべきモンスターだからだ。

時折、魔の森という魔王が人工的に作るモンスターの巣が育ち、本当に稀に発生することはある。

しかし、実際に戦ったことのある冒険者というのは、この【エンデンス大陸】でもほんの一握りであろう。

そして、10体のキング・オーガともなれば、大陸中のS級冒険者をかき集めて何とか撃退できるほどの脅威なのだ。

実際、集められた戦士1000人は、たった1体のキング・オーガのスキル《威圧》による叫び声一つで、7割がたの人員が麻痺状態に陥ってしまった。

しかも、1体でそれだけの戦力を誇る超ハイクラス・モンスターが更に9体もいるのだ。

「お、終わりだ……」

「ま、魔大陸にしかいないはずなのに……。それに魔大陸とこの大陸の間には、神話時代に張られたという『霧のカーテン』のおかげで、強力なモンスターは通れないはずなのにどうしてっ……」

「か、神様……」

身動きできない自分たちへ近づいて来る魔大陸からの刺客、そして死の象徴たるキング・オーガの巨軀を前に誰しもが神に祈ることしかできない。

その時である。

「呼びましたか？」

「え？」

それは女性の明るく朗らかな声だった。端的に言うとこの地獄に場違いなほど明るい声。

だが、虚をつかれて素《す》っ頓狂《とんきょう》な声を上げる兵士たちをよそに、また違う方向からも返事の声があった。

「呼んだか？」

その声は男性のものだった。明るいと言うよりは落ち着いた、全てを見通したようなまるで賢者のごとき冷静な声音である。

そして、

「まぁ！　アリアケ君ったらとうとう神様になる決意をしたのね！　ブリギッテお姉さん嬉しいわ。じゃあ早速禅譲《ぜんじょう》しますね♪」

「いらん、いらん！　女神の代理人として返事をしただけだ！　誰が好き好んで神などやるか!!」

「そうですかぁ。でもいつでもお声がけくださいね。ワイズ神様もアリアケ君だったらツンツンしながらデレて即ＯＫしてくれますからね」

聞こえてくるのはのんびりとした会話。

会話の内容までは理解が及ばない。

だが、少なくとも、目の前のキング・オーガ10体という大陸全土の人間を束ねても勝てないような状況で出来る会話ではなかった。

しかし。

「し、信じられない!!」

そこにいた人間たちは驚愕の声を上げるしかなかった。

なぜなら、目の前で次の瞬間見せつけられた光景は、キング・オーガによる人間への蹂躙《じゅうりん》劇などではなく、その逆。

たった二人の人間によるキング・オーガに対する圧倒的な【無双】だったからである!

~アリアケ視点~

俺たち賢者パーティー一行はいわゆるバカンスに来ていた。

オールティ王国の運営も軌道にのり、人魔同盟学校も夏休みである。

そんなわけで慰安も兼ねて、賢者パーティーで、エンデンス大陸の最北端にある海辺の街『バンリエ』に来ていたわけだ。

ところがだ、いきなりモンスター襲来警報が鳴ったかと思えば、その内容はキング・オーガ10体という規模だったのである。

「やれやれ。話は後だ、ブリギッテ。行けるか？」

「もちろんです。いつでもどうぞ」

彼女の言葉に、俺はスキルの詠唱を開始する。

ちなみに彼女のいで立ちは、女将《おかみ》の正装【着物】である。

メディスンの町では魔の森から発生したキング・オーガを１０００人の冒険者を束ね撃退した。

だが、今回は10体のキング・オーガとなる。

ゆえに、神の如き力を存分に振るう必要があろう。

「《攻撃力アップ（強）》」

「《スタミナ自動回復（強）》」

「《鉄壁（強）》」

「《オーガ必滅（強）》」

「《クリティカル威力アップ（強）》」

「《クリティカル率アップ（強）》」

「《カウンター率アップ》」

俺はブリギッテに七重バフをかける。周囲の人間たちからは多重スキルの使用に驚愕の声が上がるが、いつものことなので無視する。

時間を置かず、キング・オーガたちにもデバフをかける。ブリギッテの攻撃特性を最大限活かせるようにデバフを厳選した。これにも驚愕されるがやはり気にせず続行する。

「《防御力ダウン（強）》」

「《回避無効》」

「《挑発（ブリギッテ）》」

「《神性耐性ダウン》」

「《クリティカル被ダメアップ（強）》」

そして、最後にもう2つ！

「《スピードアップ（強）》」

「《攻撃回数増加（強）》」

そのスキル使用には、周囲から「ええ!?」という驚きの声が上がる。

本来、スピードアップも攻撃回数増加も、味方にバフとして使うスキルだからだ。なのにどうして敵であるキング・オーガに使用したのか理解出来なかったのだろう。

ただ一人を除いて。

「さすがアリアケ君ですね。世界で一番、私のことを分かってます。お姉さん嬉しい。この後お礼をさせて下さいね♡」

「誤解を招く発言は慎んでもらえればと思うんだが……。アリシアが買い物に行ってるからいいものの……」

「では、行きます！」

無視された。

次の瞬間。

ドン!!

「う、うわあああああああああああ!!」

周囲にいた兵士たちが、ブリギッテが着物を翻《ひるがえ》して走り出しただけで、その衝撃で吹き飛ばされる。真上に吹き飛ばされて落下してくる者もいた。

「やれやれ。《衝撃緩和》」

ケガをしないようスキルを使う。

「す、すみません！　ですが、今は目の前のキング・オーガ戦のためにスキルを使用してくださいい！　ど、どこの誰だか存じませんが、名のある御方と存じます！」

「自分たちのことより、街のため、民のためか。良いところだな、ここは。だが、心配はいらない」

「え？」

俺の余裕の声に、兵士たちは虚をつかれた。

「俺がスキルを使った時点で勝敗は決している」

「あっ！」

彼らは目の前で繰り広げられる光景に目を見開くことしか出来ない。

「グオオオオオオオオオオオオオオオオオ!!」

キング・オーガに不意打ちで肉薄したブリギッテが、その神聖魔力をみなぎらせた拳を相手のみぞおちへと叩き込む。

「人間の拳ごときではダメージは通らないですよ!?」

どこかで誰かが悲鳴を上げる。だが俺は微笑《ほほえ》むだけだ。

「グオオ……オオオオ……」

「え?」

ギリギリギリギリギリ……

まるで弓弦を絞るかのような、なめした皮を引きちぎるような、生々しい音が海辺に響く。

そして、

「ギャアアアアアアアアアアアアアアアアアアア!!」

パアアアアアアアアアアアアアアアアアン!!

断末魔とともに、裂ぱく音が炸裂した。

「はい、まずは1体ですね。ところでこの着物の洗濯代は経費で落ちますか?」

嫣然《えんぜん》とした微笑みを浮かべた現人神《あらひとがみ》が、キング・オーガの鉄よりも硬いはずの肌を貫通し、その息の根を止めていた。

「ガ!?　ガアアアアアアアアアアアアアアアアアア!!」

「グオオオオオオオオオオオオオオオオオオオオオオン!!」

「ウォオオオオオオオオオオオオオオオオ!!」

まさかの事態。

本来であれば余裕でこの海辺の街を。人々を。この大陸を蹂躙できると確信していたのであろう、最強と謳われたキング・オーガたちは上陸早々に、可憐な少女に1体を簡単に殺され、焦りながらも怒り狂う。

「ブリギッテに自然にターゲットが向いたか。挑発スキルは無用だったな」

「ですが、さ、3体もいっぺんに相手をされるのはさすがに……!」

「それだけじゃないぞ。キング・オーガたちには《スピードアップ》に《攻撃回数増加》のバフもかかっている。10体以上のキング・オーガに狙われているのと同じプレッシャーだ」

「ど、どうしてわざわざそんなことを!?」

「ん?　決まっているだろう」

俺が答えるまでもなく、間もなく答えは拳により出される。

「グオ！　ガア！　ギイ!!」「グオオオオオン!!」「ガァアアアアア!!」

兵士たちには恐らく見えていないだろう。恐るべき速さで、その巨軀で連続攻撃を繰り出す。一撃一撃が致命的。当たればその命はない。

「ひいい！　もうダメだ!!」

兵士たちの絶望の声が聞こえる。

だが、俺は彼らに告げる。

「よく見ろ」

「え？」

「あれが絶望するような光景にお前たちには見えるのか？」

「あ、ああ……。し、信じられない。こんなことが!?」

まぁ、一般兵士には簡単に信じることが出来ないのも無理はない。

「俺のバフを受けたキング・オーガは攻撃をするたびにその肉体を損傷しているのだからな」

俺は微笑む。分からない、とばかりに混乱する彼らに説明をしてやる。

「ブリギッテは優れた戦士だ。そんな彼女に《オーガ必滅》と《カウンター》、《クリティカル》アップ系スキルを重ね掛けしている。オーガには《スピードアップ》や《攻撃回数増加》というバフがかかっているが、このスキルには【命中率が下がる】という隠れデバフ効果がある。なら、その時に起こることは明白だ。無駄撃ちされまくるオーガの一回一回の攻撃に対して、ブリギッテは全てを回避して、その一撃ごとにクリティカル攻撃をカウンターとして命中させまくる、というわけだ」

「す、すごい。そこまで計算していたんですか！」

「まぁな。これくらいできなければ賢者は名乗れんさ」

「賢者？　あっ、まさか、あなたはっ……！」

ズウウウウウウウウウウウウンンンッ……!!

次々にキング・オーガをカウンターで撃退する、シスター・ブリギッテ。

既に7体を仕留め、残り3体だ。対するブリギッテは着物をモンスターの血で汚しながらも、余裕の笑みすら浮かべている。

「ふむ。だが、すまないな。この奇麗な浜辺をモンスターの血でここまで汚すつもりはなかった。浄化などは後でアリシアがしてくれると思うが」

「アリシア？　えっ!?　あの大聖女アリシア・ルンデブルク様ですか!?　だ、だとすればあなたはやはりっ……！」

「ギアアアアアアアアアアアアアアアアアアアアアア!!」

のんびり話している暇はない。余りの圧倒的なこちらの力に、モンスターといえども本能的な悔しさと怒りで絶叫を上げている。

「本来余裕だと思っていた蹂躙劇が夢想だったと、現実を命でもって分からされたのだからな。悔しいものだろうな」

まぁ、それはお前らの都合でしかないし、こちらへしようとしていた殺戮《さつりく》が、自分たちに跳ね返ってきただけの、因果応報でしかないが。

「こちらは被害者で、正当防衛だ。では終わりにさせてもらうぞ、雑魚《ざこ》ども」

「ギイイイイイイイイイイイイイイイイイイ!!」

キング・オーガたちが俺に向かって吼える。

今回の圧倒的な敗北の黒幕が俺だと気づいたからだろう。だが、俺に《威圧》は効かない。

「そんなことも分からないから、貴様らを雑魚と言ったのだ。だが、俺も手伝おう。浜辺をこれ以上汚されると、この街の人々の生活に支障が出るやもしれん。お前らはその命で贖罪《しょくざい》するがいい」

俺はキング・オーガたちを嘲笑する。

すると、挑発スキルが効いたかのように、ターゲットは俺へと変わったようだ。こちらに突撃してくる。

「スキル《罠《わな》設置》。おい、お前たちは離れていろ」

「け、賢者様!?　アリアケ様みずから戦うのですか!?」

「当然だ。キング・オーガくらいならば、戦士ではない俺でも倒すことなど造作もないさ」

その言葉が耳に届いたのか、更に激憤して奴らは俺に殺到する。先ほどの女は強かった。だが後衛の俺ならば殺すのはたやすいとその目は物語っていた。だが、

「やれやれ。これだから馬鹿は御《ぎょ》しやすくて助かるんだ」

フッ……。

3体のキング・オーガたちはその姿を忽然《こつぜん》と消したのだった。

「よし、一旦状況終了だな。ブリギッテ、すまないが結界を張っておいてくれるか？」

「ええ、分かりました！　それにしても相変わらず挑発がうまいですね。お姉さんも見習わないと」

そんなことを言いつつ、俺たちは浜辺を後にしようとする。今後の対応のために必要な人員へ連絡などをするためだ。

「ア、アリアケ様!!　あの、最後は一体何が起こったんですか!?」

兵士の一人が叫ぶように言った。ああ、そうか、分からなかったのか。どうしても、皆分かっているものだと思って説明を省いてしまう。大賢者であり英雄である俺の悪い所なのだろう。

「こちらに来て見てみるといい。一目瞭然だ」

「え？　……ああっ!?　こ、これはもしかして」

「そうだ。単なる落とし穴だ」

「こ、こんなものでキング・オーガを無力化してしまったんですか!?」

驚愕する兵士たちに俺は微笑みながら言う。

「ははは。落とし穴ほど便利なものはないさ。無論、倒してしまっても良かったが、生け捕りにする必要があったからな。あえての落とし穴というわけだ」

「ち、調査？」

「ああ。魔大陸からキング・オーガが渡って来るなんて異常事態だ。殺さずに無力化するべきだろう？」

「そ、そこまで考えてあの戦いを!?　いきなり動員されて、碌《ろく》な準備もなく！」

「いきなり10体のキング・オーガとの戦闘になったのに、その後のことまで考えて戦われたというのですか!?」

兵士や冒険者たちが驚愕と尊敬のないまぜになった瞳を向けてくるが、俺はそれに対して何でもないことのように答えるしかない。すなわち、

「これくらい大したことじゃないさ」

と。

何はともあれ、魔大陸からの刺客たちとの緒戦。

それを圧倒する形で、その戦いは幕を閉じたのであった。

落とし穴から悔しがるオーガたちの絶望の声が轟《とどろ》いたが、それも俺のスキル《サイレス》によって黙らせることで、海辺の街『バンリエ』は完全に日常を取り戻したのである。

ところで、少し落ち着いてから、遠くの岩場の方で、

「ん？　なんだこの女は？」

「ピンクの海藻か何かと思ったが、女のようだな」

「いちおうアリアケ様のもとに連れて行くか？　気絶はしてるがケガは大したことなさそうだ」

そんな声が聞こえて来たのだった。

～？？？？視点～

「ハア！　ハア！　ハア！」

私ことパウリナは走っていた。

何とかあの恐ろしい魔大陸から単身で脱出して、しかも運良くエンデンス大陸へ到着することが出来た！

女神様ありがとう!!

だけど、運動音痴だから、足がもつれて息が切れて来た！

どうして私が襲われているのか分からないけど、知らないうちに何かしでかしたに違いない。

「うちは代々由緒正しい農家なのに!?　何も盗る物なんてありませんよう!?」

後ろから追ってくるモンスターたちに泣きながら叫んでみても無駄だった。

そりゃモンスターだからね!!

しかもキング・オーガ10体!!

「考えても見て下さい！　私をむさぼるにしてもですね！　あなたたちみたいな巨漢が私を10等分して食べても、全然お腹の足しになりません！　しかも、ほら、プニッてません！　ええ、けしてプニッてません！　む……、む……、む……」

私は己のプライドもかなぐり捨てて叫ぶ。

「胸もありません！　いえ、皆無では決してないですよ！　ですがこの際ですから無いことでいいです！」

私は命の危機にさらされながらも、半泣きになりながら、何を叫ばされているのかと思いながら訴える。

「そ、そういうわけです！　質も量も不足している私を食べることになんの得がおありでしょうか!!」

渾身の自己否定！

完全な自虐!!

神は死んだ！

だというのに。ここまでしたというのに！

「グオオオオオオオオオオオン!!」

全く意にも介さず、キング・オーガたちは迫ってきます。

ここまで逃げて来られたのすら、なぜか分からない奇跡の賜物《たまもの》だというのに、土地勘のないエンデンス大陸で逃げ切れる訳がありません。

どうやら私の命はここまでのようです。

「ああ、せめてお芋の収穫は終わらせたかった……」

今年は新しい肥料を試したから、きっと美味しいほくほくのお芋を堪能できると思って。それだけを楽しみに暮らしていたのに。

「ああ、天国のお父さん、お母さんごめんなさい。パウリナはキング・オーガに食べられて死にまへブッ!!」

後ろを頻繁に見ながら砂浜を疾走していたからでしょうか。

岩場があることに気づかずに、足を取られて、そのまま思い切り顔面を岩に打ち付けたのでした。

「し、死因が岩場での転倒になるとは、ガクッ……」

こうして私は気を失ったのでした。

遠くから、キング・オーガと戦う人々の声が聞こえて来た気がしましたが、既に死んだ私には関係のないことなのでした。ああ、それにしてもふかし芋、楽しみにしていたのにな……。ジュルリ。

そんな死後の世界でお芋への未練を感じていた私でしたが、なぜか現世の声ははっきりと聞こえてきたのでした。

「ん？　なんだこの女は？」

「ピンクの海藻か何かと思ったが、女のようだな」

「いちおうアリアケ様のもとに連れて行くか？　気絶はしてるがケガは大したことなさそうだ」

んん〜？

あんまり死後の世界ってイメージしてたのと違うな〜。

　そんなことを思っている間に、私を取り巻く環境は急展開を迎えるのですが、この時の私はまだそのことを知る由《よし》もなかったのでした。ただ、それは結構私にとってはいつものことなんですけどね……。

～アリアケ視点～

　俺とブリギッテがキング・オーガを圧倒して1時間程度経過した。

　既に部屋に戻って臨時の指揮を執っている。ただの宿屋が即席の司令室である。

「管轄外なのだが……」

　俺の場合、称号が複雑で、オールティ王国の国王なので王族でありつつ、魔王国の辺境伯でもある。しかし、ここ【エンデンス大陸】最北端の海辺の街『バンリエ』はグランハイム王国の領地なので管轄外なのだ。したがって、俺の出る幕はないはずなのだが。

「何だか自然とアリアケ君を筆頭に指揮系統が出来上がりましたね。でもお姉さんもそれが一番早いと思います！」

「いつまでも神や救世主に頼るのもどうかと思うんだがなあ」

　だが、確かにキング・オーガ10体が魔大陸より襲来する事態に対して、指揮を執れるのは俺くらいのものだろう。

　と、そんなことを考えていると、廊下から女性の声が響き渡ってきた。

「ひぃぃぃ!!　こ、殺さないで下さい！　私は一介の農家の娘なんです！　お芋ならいくらでも差し上げますから！　はひ！　はひ！」

「いやいや。アリアケ王のもとにお連れするだけだから。頼むから一人で歩いてくれよ」

「王様!?　いやですう！　やっぱりギロチンにされるおつもりなんですね！　そんなことしなくても私は簡単に死にますよ！」

「生きたいのか、死にたいのかどっちなんだよ。それよりほれ、着いたぞ？」

「ほえ？　し、しかし、王様が住まうには何とも普通の宿屋。こんなところでギロチンが執行できるとは思えません。ああ！　あれですか、毒をあおらせるつもりなんですね！　どうかお許しください～。本当に農家なんです。スパイとかじゃないです～」

　そう言って、腰を抜かしたせいで、兵士が肩を貸す形で連れてこられたピンク色の髪を長く伸ばした少女は、迷惑そうな顔でその兵士が去ると、やはりフニャフニャとクラゲのように地面にへたりこんだ。

「君が岩場で気絶していたという少女か。大丈夫だったか？」

「ひぃ！　あなたは一体!?」

「俺はアリアケ・ミハマだ。こっちはブリギッテ・ラタテクト。君は？」

「パッ！　パウ！　パパパアババパウリナでぃえす!!　し、死刑ですか!?」

「どれが姓で、どれが氏で、どこが名だったのか分からなかったが、死刑にする予定はないのでとりあえずそのクラゲ状態から復活して、話を聞かせてもらえるか、アババパウリナディエスよ。事態は一刻を争うみたいでな」

「違いますよ、アリアケ君。どこで区切ってるんですか。パウパパパアババさんですよ？」

「し、死刑はないんですか！　良かった！　天国のお父さんお母さんありがとう！　パウリナは今日も生きられそうです！」

「パウリナ、あのキング・オーガたちだが、魔大陸にのみ住むモンスターだ。もちろん例外的に発生することもあるんだが、こちらの大陸では10体も発生することはない。君があれを連れて来たのか？」

「パウリナさんって言うのですね。名前を間違えて失礼しました。それであのキング・オーガ10体を引き連れて、この大陸を蹂躙されに来たとかではないんですよね？」

「わ、私にも分からないんです。私は魔大陸の【ビルハ】という村で生まれ育ちました。本当に何の変哲もない農家です。そんな村に突然キング・オーガがせめて来て、咄嗟の判断で海辺にあった舟を漕いでこの大陸へ逃げて来たんです。本当なら『霧のカーテン』と呼ばれる結界があるので、こちらの大陸に来れるのは、力の弱い人間やモンスターだけのはずでした。なのに、キング・オーガたちは全員海の底を歩いてしつこく付いて来たんです。死んだと確信しました！」

「諦める時の勢いが半端ない女性だな、君は」

「ねえ。今までいなかったタイプなので少し庇護欲が湧きますね」

「まぁ、それで上陸して逃げていた時に岩場でバナナの皮で滑って転んで失神したわけだな。そこに俺たちが偶然到着したわけか。本当に他に心当たりなんかは無いのか？」

「ス、スパイじゃないんです〜。なんでも吐きますからお助け下さい〜」

「別に疑ってるわけじゃないというのに。まったく。ん？」

と、そこで俺はグシュグシュと半べそをかいている少女パウリナの胸元を見て言う。

「パウリナ、その胸元の紋様だが、それは何だ？」

「わ、私にはくびれもなく、む、胸も。うううううう！　胸もない女です！　女の魅力の欠片《かけら》もない女なんです！　ああ、キング・オーガ相手だけでなく、王様と王妃様にまでこんなことを言わせられるなんて……」

「アリアケ君も年頃ですものね。アリシアさんだけでは満足ではないと？」

キラリ！　とブリギッテの瞳が素早く光る。

「新婚でラブラブじゃい」

「まぁ朴念仁《ぼくねんじん》も卒業ですね」

「ああ、さすが王様ですね。目の前の美しい王妃様の他にも、何人も何人も妃様とご結婚をされているんですね。私には与《あずか》り知らぬ世界ですね……」

「あー、もう違う違う。その胸元の紋様。どこかで見たことがあるというか。何かに似ている気がしてな」

その紋様は楕円の環《わ》っかにいくつかの楔《くさび》のようなものが付いている不思議な形状をしていた。

「あー、これは生まれた時に火傷《やけど》しちゃったらしくて。それでついたらしいです」

「そうか。変なことを聞いて悪かったな」

「いえいえ。それで減刑されると思えば、どんな話でもしますから」

「いい加減誤解があるようだが、俺は別に君を取って食おうとしている悪徳領主などではないんだが……」

俺がそうぼやいた時である。

「アリアケ王！　大変です！」

連絡兵の急報が響いたのだった。

2、女性型オートマタ『エリス』

ドオオオオオオオオオオオオオオオオオオオン!!

大音量と共に俺たちのいた司令室が爆発した。

「ここに逃げ込んでいたのですね。探しましたよ、個体名パウリナ」

そう声が聞こえてきたのは、はるか上空。

水色の髪を長く伸ばした、女性が空に浮いていた。金色の瞳がこちらを見下ろしているのが、遠くからでも見える。

ただ服装は非常に独自だった。

シルバーのラバースーツのような素材が全身を覆っていて、エナメルの艶やかさが見て取れた。身体《からだ》はどこかのっぺりとした印象だ。

何より特徴的なのは、身体の節々に球体関節とでも言うのだろうか。パペット《操り人形》のような箇所が見受けられることだろう。また、すらりと伸びた脚の先端は、まるで馬の蹄《ひづめ》のような恰好をしている。

瞬きを全くしていないことも、非人間的で、その存在への違和感を増大させることに一役買っていた。

「な、なんだかエッチな恰好ですね。ちょっとお姉さん興奮してきました。後で私も着てみていいですか？」

「後にしてもらっていいか？」

呑気なブリギッテの感想をさえぎる。

エリスが口を開いた。

「その【宝】を渡してもらいます」

「宝!?　お、お芋ですか!?　でもまだ収穫の時期ではないですよ!?」

「魔大陸では芋ドロボーのためにここまで大がかりなことをするのか？」

「違います」

淡々とその銀色のエナメル質の身体をした少女は、奇麗な青髪を揺らしながら首を横に振る。ただし、金色の瞳は常にこちらを捉えている。

「それに私はドロボーではなく【オートマタ種族】の女王エリスです。陛下と呼んで、傅《かしず》くように」

彼女の言葉に、

「俺はいちおう星神の代理人なんだが……不本意ながら」

「あ、私も習合したとはいえ、現人神でして……」

いちおう反応しておく。

オートマタの少女は表情は変えないながらも、ピタリと動きを止めてから。

「では私が傅くべきですね。前言は撤回します。と、するとこれは神殺しに該当するものとして、フルパワーで挑むべき事案だと評価を修正しました」

どちらにしても襲ってくることには、やはり変わりはないようだな。やれやれ。

「ところで、オートマタと言ったか？　その見慣れない恰好からして、機械人形ということになるのか？」

「正確には自律型機械人形オートマタ種族です。個体名は？」

「アリアケ・ミハマだ。こっちはブリギッテ・ラタテクト。こっちの女性《クラゲ》に用があるんだな？」

「ついにクラゲ扱いなんですね。ああ、でもその方がこの無茶苦茶な状況に精神が追いつかない私には相応《ふさわ》しいかも〜」

「そうです。そのコードネーム【クラゲ】を渡してもらいましょう」

「あの、そのかっこ悪いコードネームは確定でしょうか？　いえ、いいんですけどね。私なんかはクラゲで十分ですから……」

いちおう緊迫しているので、スルーして会話は続く。

「ふむ。嫌だと言ったら？」

「何も？　後悔を保証するだけです」

エリスと名乗ったオートマタは、両腕を上げるとその間にマナを収束させて行く。バリバリという裂ぱく音が響き渡り、魔力が放電する。同時にその衝撃を加速させるための装置として、マナによる翼のようなものが背中に形成される。

その姿は殺意に満ちた殺戮人形であるが、精巧な銀色の人形が水色の髪をたなびかせる姿は、どこか現実味がなく美しくすらある。

「我らオートマタはマナによって形状を可変させる者たち。第1種兵装兵器【E・テネリタ】発射」

銀色のエナメル質の身体を持つ無機質なオートマタと同質の、無感情な唇からは、淡々とした攻性魔力の放出という事実だけが紡がれた。

その金色の瞳は最後までその様子を観察するように微動だにしなかった。

「ラッカライ」

俺は囁《ささや》くように一人の少女の名を呼ぶ。

「はい！　先生！」

「え？」

エリスが収束したマナをまさに発射したのとほぼ同時に、別の声が耳朶《じだ》を打った。

「そんな物騒なものを街で発射されたら困りますよ？」

その声は静かながらも、凛として、なぜかよく周囲に響く。

そして、

「先生から教わった技の一部を解放します。次元飽和断裂斬《ディメンション・エラー》」

キン!!

鋭い音が轟く。

「なんですか、今のは。それに、ここはどこですか？　解析……が出来ない？」

エリスの声が聞こえた。

無理もない。普通は聞いたことのない音だろう。

だが、俺にとってはなじみのある音だ。例えば神代回帰した際に、俺が聖剣を振るった時、同様の音がした。

そして、ここは……。紫色や赤、黄色といった奇妙な色が周囲で蠢《うごめ》く空間。幾らかの家屋も見える。

これは……。

「エリス、さっきのは次元を斬る音だ」

そう教えてやる。

「次元……。次元を、斬る？　なる……ほど？　全く新しいデータですね。個体名アリアケ、……この千年の間に人間種は次元を野菜を切るようにザクザクすることが出来るようになったのですか？」

　エリスが珍しく戸惑った声音で言う。

「次元を斬れるのはボクと先生だけです！　それに、ボクは先生に教えてもらったことを実践しているだけですから。凄いのは先生ですよ!!」

「そんなことはないさ」

　俺は苦笑する。

　はにかみながら現れたのは、目鼻立ちのはっきりした、中性的な少女であった。絹のような黒髪をショートにして、美しい黒い瞳と整った顔立ちをしている。槍の名門の一族の出身で、聖槍ブリューナクの使い手であり、今や俺の最も自慢の弟子である。

「ラッカライ、いいタイミングだった。助かったぞ」

「本当ですか！　先生だったらどうとでもしそうですが。ともかく、褒めてもらえてとっても嬉しいです！」

　そんな彼女は俺のことをとても慕ってくれている。

「状況はよく分かりませんでしたが、放出されたマナは別次元へ。この次元には、とりあえず周囲一帯の次元をボクたちのいる第1階層から丸ごと切除して取り込みました。関係者と……人のいない建物が少し入っちゃいましたね。あの銀色の身体をされた女性も一緒にしましたけど良かったですか？」

「現実空間に放置しておくわけにはいかんだろうし、咄嗟の判断として上出来だ。ラッカライ」

俺は彼女の頭を撫でる。

「は、はい！　先生でしたらもっとうまくやれたんでしょうけど……。建物が入っちゃいましたし」

「まぁ、建物くらいは後で直すとしよう。何せ、ラッカライの判断がなければ、周囲一帯が壊滅状態だったろうしな。ふむ、まあ後で俺が『バンリエ』の領主に話をつけておくさ」

「ありがとうございます。さすが先生！　ボクも先生みたいになれるように精進します」

俺が微笑む。

彼女も嬉しそうにした。

「個体名ラッカライ。その少女はあなたの弟子だというのですか？」

「自慢のな」

「ボクなんてまだまだです！　先生はボクの１００万倍以上凄いですから、えへへ」

「なるほど。脅威レベルが１００万倍上がりましたね」

エリスが素直に信じた。いやいや。

「個体名ラッカライもさることながら。その１００万倍の力を持つアリアケ・ミハマ。まさかこれほどの力を持つ者がいるとは想定外でした」

「あ、実は１億倍凄いんです。さっきのは先生が謙遜しがちなので、ボクもそれに倣《なら》っただけです」

「なるほど。それでは脅威レベルを1億倍に……。形容すべき語彙《ごい》が存在しません。どう修正するべきか再検討が必要なレベルですね」

「いや、ラッカライが言い過ぎなだけだから」

俺は苦笑するが。

「そんなことないですよ、先生！」

「そうよ～、アリアケ君。それに、ちゃんと自己評価するように奥さんからも言われてるでしょ～？」

ラッカライだけでなく、一緒に飛ばされてきたブリギッテにまで否定されてしまう。

なんでだ……。

さて、そんな会話の一方で、

「あうあうあう！　なんだかすごいことに巻き込まれてしまいました！　さっきの攻撃で完全に死んだはずなのに、死後の世界かと思ったらそうじゃなくて別次元とかいうものらしいです。怖い！　まだ死んでた方が分かりやすくて怖いです！　一般人の私が関わってはいけない物語に巻き込まれたそんな体験、別にしたくなかった！」

一人、パウリナは一般人らしく、テンパりつつ、泡を吹きながら混乱するという器用なことをしていた。

「個体名パウリナの阿鼻叫喚《あびきょうかん》を見ていたら落ち着いて来ました。オートマタといえども感情機能は実装しているので。とはいえ、いずれにしてもやることに変わりはありません。そこのパウリナを連れて帰ります。それが私の目的ですので」

そう言って、エリスは両手の肘から先を、瞬時にブレードへと換装した。

「行きますよ、アリアケ神にブリギッテ神。そしてその弟子ラッカライ」

「やれやれ、俺の自慢の弟子の、あれだけの力を見ても諦めてはくれないか」

面倒なことだと俺は肩をすくめつつ、即応態勢に移ったのである。

ガギイイイイイイイイイイイイイン!!

エリスが音速を超えるスピードで肉薄して、そのブレードを俺へと振るう。

だが、その刃は1ミリ先で完全に止まる。

俺は瞬きすらしない。

「どきなさい」

「ボクは……。私は先生に槍を捧げた女。ここをどく理由はありませんよ、エリスさん」

俺が微動だにしないのは、エリスの攻撃が見えないからなどではない。

ラッカライが間違いなくエリスの攻撃を完全に防いでくれると信頼しているからだ。

「あわわわわわ!」

「ラッカライちゃんへの信頼が見えて、お姉さんはとても良いものが見れたとほくほくです」

パウリナは腰をぬかして今しも漏らしそうになっていて、ブリギッテがのんびりと構えているのと対照的だ。

それはそれとして、実は俺の思考は別のところにある。

「ラッカライ、ここは一体第何階層なんだ？」

そう。

例えば偽神ニクスのいたのは９９９階層であった。ほとんどたどり着くことのできない深奥の次元階層で、奴は決して本体を晒さないように注意を払っていた。

そんなわけで深い次元ほど、たどり着くのは難しいのだが。

「えっと、すみません。実は咄嗟の判断で深く斬りすぎちゃって……。２００階層前後だと思います、ごめんなさい！」

２００か。俺は少し思う所があるが、思考するにとどめる。

「いや、謝ることはないさ。おかげで助かったわけだしな」

「そうですよ。さすがアリアケ君の一番弟子です！」

「一番弟子！　そう名乗っていいんですか!?」

俺の一番弟子と名乗ることにどんなメリットがあるのかよく分からんが。

しかし、確かに。

「弟子の順番としては勇者パーティーが先だったが、あいつらはもう巣立ったしな。何より実力はラッカライが一番だしな。今日からラッカライ、君が一番弟子と名乗ってもいいんじゃないか？　代わりと言ってはなんだが、勇者パーティーたちは弟弟子の位置づけにするとしよう。機会があれば姉弟子として鍛えてやってくれるか？」

「ありがとうございます!!　先生の一番弟子だなんて!!　こんな光栄なことはありません!!　そう思ったら更に力が湧いてきました!!　うりゃりゃりゃりゃりゃりゃりゃー!!」

「そんなに嬉しいものか？」

「うふふ、そりゃそうですよ。アリアケ君はもっと正当な自己評価を心がけましょうね」

「うーん」

よく分からんな。

だがやる気になってくれたのなら良かった。

それに、勇者パーティーの実力では俺の一番弟子を名乗るには、あまりにも力不足なのは確かだ。

俺の育てたラッカライに、改めて鍛えなおしてもらうのも、良い刺激になるだろう。

やれやれ、弟子をたくさん持つ、人の上に立つ【師】という身分も、なかなか大変なものだな。

そんな感想を抱くのだった。

さて、やりとりはしながらだが、戦闘は続行している。

オートマタ種族は機械人形でありながらも、人のように柔軟な身体をしているらしい。シルバーのエナメル質の身体をしなやかに躍動させる。

「やっぱり奇麗ですねー。あのぴっちりした身体が美しい！　ぜひうちの旅館『あんみつ』に欲しい人材です！」

「今は女将モードは封印しておいてもらえるか？　《防御力アップ》《スピードアップ》《回数付き回避》付与」

「攻めきれませんね。あのアリアケ神の加護の力ですか？」

「そうです！　私へのラブラブパワーです！」

「ラブラブパワー……。愛の力というやつですか。それもまた計測不能ですね」

困惑したエリスの声に、

「こういうのですよ、おりゃあああああああああああああああ!!」

ブリギッテがいきなり参戦する。

そして、あるはずのない地面に対して、拳を思いっきりたたきつけた。

ゴオオオオオオオオオオオオオオオオオオオオオオオン!!

深層の次元全体が揺れに揺れる。

「ひょえええええええええええええええ！」

パウリナが激震する大地に翻弄されて、ゴムまりのように飛び跳ねていたのでキャッチする。

「愛！　すなわち殴り愛のことです！」

「ワイズ教と習合しても全然教義は変わらんのかい」

俺が思わずツッコミを入れてしまった、その時である。

「うるさーーーーーーーーーーーーーーーーい!! 眠れないでしょうがあああああああああああああああああ!!」

そう言って、次元の裂け目に突如扉が現れて、一人の女性が寝ぼけ眼《まなこ》をこすりながら、顔を出したのである。

光輪を頭上に冠し、美しい黒髪を長く伸ばした……と言いたいところだが、寝癖でところどころ飛び跳ねていて、青の神秘的な瞳も今は半開きの瞼に隠れてほとんど見えない。

だが、その正体を俺たちは知っている。

『50年ほどお休みします!!』

と言って、偽神ニクスとの戦いの後、疲弊しきったために、再び休息に入った星の女神。

「星の女神イシス・イミセリノス！」

「あーれー？　アリアケ君じゃないですかー」

彼女はそう言うと、まだ寝ぼけているのかムニャムニャとした口調で言った。

「今日は良い夢ですね～。私に会いに来てくれたんだ～。うふふ～、好き好き大好き～」

威厳もへったくれもなかった。

どうやら偶然にも、女神イシスの寝所《次元》へとやって来てしまったようで、とにもかくにも、星の女神イシス・イミセリノスが突如俺たちの前にその姿を現したのである。

「あれ？　でも夜這《よば》いにしては人数が多いですね」

「だから夢じゃないというのに。あと俺は妻帯者だ」

女神イシスに俺は呆れた声で返す。

「夢じゃない？　はわわわ！」

シュバババババ！

という音を立てて、イシスは居住まいを正す。

もう手遅れ感が半端ないが。

「ふふふ、よくぞ参りましたね、アリアケ・ミハマ、ブリギッテ・ラタテクト、そしてラッカライ・ケルブルグ。今日はどのような用件でこの星の女神のもとに来たのですか？」

ん？

俺は微《かす》かに違和感を覚える。

だが、言葉を続けた。

「今更かっこつけられてもなぁ。それに来たくて来たわけじゃないんだ」

「あら、そうなんですか？」

彼女は意外そうな表情をしてから、

「せっかく3人で来たのにですか？」

3人？

俺の違和感は確信へと変わる。

「ふ、ふふふ。私のような人間は無視されて当然ですからね。ふへへ。女神様にすら無視される私の存在なんて海の藻屑にも等しき存在、ふへへへ」

パウリナは膝をついて闇落ちしかかっていた。

「星の女神？　本物なのですか？　その割には一般的に神と言われる存在にしては、威厳がかなり不足しているように私の常識センサーは訴え続けていますが」

一方のエリスはオートマタらしい、ストレートな感想をぶつけていた。

しかし。

「？　どうしたんですか。アリアケ君？　まるで」

女神は淡々とした調子で言った。

「まるで他にも人がいるような態度をして」

「……え？　先生、女神様は一体何をおっしゃって……」

ラッカライも異常に気づいたようだ。

これはどうやら。

「ブリギッテ、何が起こっているか分かるか？」

「はい、にわかには信じられませんが、これは……」

ああ、と俺は頷きながら言った。

「女神《システム》の【バグ】だ」

俺がそう結論付けた瞬間、

「一体、本当にどうしたんですか？　さっきから何を言って……うっ！」

突然、女神が苦しみ出す。

それはちょうど、パウリナが膝をついた時、胸元の紋様がチラリと見えた瞬間だった。

紋様はなぜか金色に輝いていて、今にも光があふれ出しそうになっているように見える。

しかし。

『非認識対象概念との過度な接触は推奨されない。これよりエラーへの緊急処置を施します』

女神の口から今まで聞いたことのないような淡々とした口調で、意味不明の言葉が述べられる。

目の色彩は青から金へと変化し、まるで何も見えていないかのように虚空へ視線を向けていた。

『緊急避難処置。同一時空転移発動』

カッ!!

瞬間、この次元全体がひしゃげるようにうねり、目を開いていられないほどの光量が満ちる。

「ちっ」

俺は咄嗟の判断で、ラッカライたちを守るためのスキルを行使した。

そして、次の瞬間には。

「あらあら？」

ブリギッテの間の抜けた声が響くとともに、

「た、たかああああああああああああぃ!!」

上空1000メートル付近から自由落下して、思わず大声を出すラッカライの声が、耳朶を打ったのであった。

やれやれ。

俺は随分見晴らしのよい状況なので、地表を見下ろしつつ嘆息する。

そこは見たことのない褐色の大地。

荒涼とした風景や、人の手の入っていない森林。そして、上空を飛び回るドラゴンの姿なども散見された。遠くからでも見える巨人たち。恐らくキング・オーガの群れだろう。

「だとすればここは」

俺は落下の衝撃をやわらげるべくスキルを使用しつつ呟いた。

「魔大陸上空1000メートルと言ったところか」

数秒後に死が迫りつつも、俺は冷静に状況を分析していたのである。

そして、何よりも、

「クラゲがいない、か」

パウリナの姿が消失していることに俺だけが気づいていたのであった。

3、魔大陸へ

「やれやれ、ひどい目にあったな」

「問題ははぐれてしまったクラゲさん、もといパウリナさんですね。無事だといいのですが」

日はすっかり暮れて夜。野営のための焚火の、パチパチと小枝の爆《は》ぜる音だけが静寂の中に響く。

焚火の周囲には、近くの川で釣った魚たちが串刺しにされ焼かれていた。

「だが、焼くだけでは味気ない。せっかくだからメインも用意しよう」

俺は真剣な表情で、アイテムボックスからアイテムを取り出す。

そして、とりわけておいた魚を捌《さば》いて調理し一品完成させた。

「よし出来た！【魔大陸の魚をふんだんに使ったペスカトーレ】の完成だ！」

俺はそれを集まっていたメンバーたちの皿へ盛りつけていく。

「さすがアリアケ君ですね。香ばしい香りがより一層引き立ちました。やはり旅館を将来一緒に経営するのはアリアケ君しかいませんね。お姉さんは確信しましたよ！」

着物姿のブリギッテが手放しで喜ぶ。

「こんな見知らぬ土地だ。せめて旨いものを食べて英気を養わねばな」

余った魚も串焼きのまま薪の周りに刺しておく。

小腹が空いた者が好きに食べるだろう。

何より、パチパチと枝の爆ぜる心地良い音とともに、良い香りが周囲に漂うのが良い。

「それにしても女神イシス様はどうされたのでしょうか？　奔放な方だとは思っていましたが、いきなり何か言ったかと思えば私たちを魔大陸に飛ばすなんて。アリアケ君には分かりますか？　もぐもぐ」

「俺たちはついでじゃないかな？　むぐむぐ」

俺の言葉に、沈黙していた一人の少女が興味深そうに口を開く。

「もぐもぐ。ほう、ついでとはどういうことですか、アリアケ神よ」

オートマタのエリスであった。最初は警戒していたようだが、今は旺盛にペスカトーレを頬張っていた。それによってほっぺがとても膨らんでいる。

「アリアケでいい。それに彼女のことはブリギッテ、槍の使い手はラッカライと呼んでくれ。俺たちも君のことはエリスと呼ぶ。構わないか？」

「もぐもぐ、ごくん！　ええ、構わない。それにしてもこの料理は美味です。マナばかり食べてる場合ではなかったですね。一生の不覚という概念を習得しました」

「オートマタ種族は食事はしないのか？」

「無駄だと思われているので普通しません。効率を重視する種族ですから。もぐもぐ、おかわり」

「……案外、健啖家《けんたんか》だな。大きくなるぞ」

俺の言葉に、

「あのエリスさん！　アリアケ君は先生もしているので、たくさん食べる子を応援しているだけですから。決して、その……あなたの胸がどうこう、とかそういう意味ではないですよ。特にお姉さんはそのシルバーのつるつるした感じの身体、とってもいいと思います！　好きです！」

「アリアケではなく、貴女からの言葉から初めて侮辱のようなニュアンスを受け取りましたが、ブリギッテ？」

淡々とした口調ながら、エリスが半眼になった。

人形のように無表情なのがデフォだが、こういう表情も出来るのだなと思う。

と、そんな会話をしているところに、

「先生もブリギッテ様もエリスさんも！　お願いですから食べ物に集中するか、今後の方針の話に集中するかしてください！　っていうか！」

最後の一人、ラッカライが思いっきりツッコんだ。

「どうして敵であるエリスさんが普通に一緒にいるんですか!!」

ビシーッ！　と指摘する我が弟子であった。

最近はちゃんと遠慮なくツッコミが出来るようになって成長を感じさせる一番弟子である。

俺は笑いながら口を開く。

「まぁ、仲良くなるには、食事をしながら、というのがエンデンス大陸の作法だからな。もちろん、魔大陸では違うかもしれないが」

「いいえ」

口をどこからか取り出したハンカチで拭きながらエリスは言った。

「私も女王の身であり、そうした儀礼はわきまえています。そして、智者と友人になることは良き未来をつかむために必要なことであることも理解しています」

「はい？　えーっと、どういうことですか？」

俺たちの会話の意味が分からなかったらしく、ラッカライが頭上にハテナマークを浮かべていた。

俺は優しく説明する。

「今回の事件はパウリナが鍵を握っている。女神イシスの暴走《バグ》も俺の観察では、彼女の胸元にある紋様を見た時に緊急避難的に発生したように思う。だから、厳密にはバグではなく、彼女こそをこの魔大陸へ時空転移させる【仕様】だったのかもしれないな。俺たちは巻き込まれたわけだ」

「だからついで、と。なるほど、そうなんですね……」

意外そうにラッカライが言う。

「ああ、イシスは俺たちが3人で来たと言っていた。俺とブリギッテとラッカライの3人だ。無視しているという感じではなかったな。あれは俺の見立てでは、【非認識対象概念】となるように仕組まれた、女神《システム》の仕様、あるいは意図されたバグではないかと思う」

「訳がわかりませんよ〜！　それになんでそんな仕様になっているんですか⁉」

「―それが分からない。だから一時的に手を組もうと思う」」

はからずもエリスの声と俺の声が同調する。

「魔大陸は俺たちにとっても未知の土地だ。地図も何もない。オートマタ種族と手が組めれば、鍵となる少女を助けることもできるだろう」

「私は宝を収集することが目的です。その宝を買い取ってくれるのなら共闘は可能です。何より、この【ペスカトーレ】をまた食べさせてもらえると認識しています。その場合、あなたへの信頼度がＭＡＸまで上昇します。あなたに選択の余地はありません」

「えーっと。それは単に餌付けされただけなんじゃないかなー……」

「胃袋を摑んで懐柔するなんて、アリアケ君にしか出来ない手腕ですね！　さすがアリアケ君！」

「もう一点だけ確認させてください」

「なんだ？」

無表情な彼女だが、表情に出ないだけで感情はよく伝わって来た。彼女との接し方が少し理解出来てきたように思う。

「どうしてよく知りもしない少女のためにそこまでするのですか？　魔大陸の件が色々絡んでいるとしても、あなたが動かなくてはならない合理的理由はありません。何か裏があるのですか？」

その言葉に俺は意外なことを聞かれたような気がして思わず噴き出した。

「ふっ、確かにそうだな。だが別に理由なんてないさ」

「はぐらかすのですか？」

いやいやと俺は首を横に振る。

「パウリナはこの俺に助けを求めたんだ。なら、そんな彼女を見捨てて、明日食べるペスカトーレの味が旨いと思うか？　きっと不味《まず》くなるだろうな。本当に彼女を助ける理由も、世界を救うのすらも、それだけの理由さ」

「優しいのですね」

「優柔不断だと妻には言われているが……」

一緒にバカンスに来ていたのだが、今頃怒っている……というより、呆れていることだろうな。またアー君巻き込まれてー、と。

「いえ。あなたは好ましい生命体です。アリアケ・ミハマ」

彼女はそう言って初めて微笑みを見せた。人のように。

「明日からの料理楽しみにしています。私のパートナー。あ、魔大陸風ペスカトーレは2日に一度お願いします」

エリスはそう言うと、もう寝ると言って、近くの木に座る形で眠りについた。

正確には機能を一時停止状態《スタンバイ》にしているということらしいが。

やれやれ。

とにもかくにも、俺たちエンデンス大陸の人間にとっては前人未踏の魔大陸に、水先案内人を確保できたことは大きい。

俺はそんな気持ちでホッとするのであった。

しかし。

「ブリギッテ様〜、やっぱり先生ったら天然ですよ！」

「そうですね。最後私のパートナーとかさらっと言わせてましたねー。まぁ、それがアリアケ君のやり口って奴ですよねー。ラッカライちゃんも気をつけた方がいいですよー？　あっ、手遅れでしたねー、あははー」

「笑いごとじゃないですよー!?　どんどんライバルが増えて行ってませんかー!?」

そんな女子たちのよく分からない会話が、隣では繰り広げられていたのであった。

〜パウリナ視点〜

「なんでもしゃべります！　黙秘権は行使しません！　尋問にも屈します！　なので命だけは助けてください！」

「もう少しプライドを持った方がいいんじゃないのか？　いや、尋問する側としてはありがたいがなぁ」

私は尋問室で泣きながら訴えました。取り調べ官の方は呆れていました。

なぜ!?

そう、それは少し前のこと。

アリアケ様という超強い王様に運良く助けてもらって、キング・オーガたちから逃げ切れたかと思いきや、突然現れた女の人がペカーっと光ったかと思うと、なぜか私は最悪な場所に飛ばされてしまっていました。

そう！

そこは後で知ったところによると、私を捕まえようとしていた、犯人の城の中庭だったのです！

運が悪すぎますが、この程度のアンラッキーは手慣れたもの。

驚くに値しません！

ふふん。

不運属性の人間は絶望とは遠き存在だと知るが良い!!

では、飛ばされた直後の私の威風堂々とした姿を思い出してみましょう。

「妙な人間が侵入したぞ！」

「殺せ！」

「ひぃぃぃぃぃぃぃぃぃぃぃ!!　絶望した!!　なんで私ばっかりこんな目に遭わないといけないんですか～!?　おえー」

思わず自分の不運を呪うのと同時に、そのお気持ちが口から漏れてしまった。

「「「うわ……」」」

城の衛兵さんたちの心からのドン引きの声がさらに心を深く抉《えぐ》りました。

ひどい。

年頃の少女がお気持ちを口から漏らしたくて漏らしている訳ないのに……。

「いきなり現れた上に、ＸＸで中庭を汚すとはどういう了見なんだ、この女……」

正論はやめて……。

心がもたなくなるから。

そう訴えたいところですが、お口がすっぱい状態なので、あまりつまらないことを話している場合ではありません。

口臭も気になるため、まず口をゆすぎたい気持ちで一杯です。

お水を一杯欲しいみたいな感じで……。

「ほう、これはこれは。パウリナ様ではないか。驚いたな」

と、そんな葛藤を知る由もなく……。

知ってるわけないよね！

そう、ちゃんとセルフツッコミはこなしつつ、衛兵たちの後ろから威風堂々と。要するに無駄な偉そうさを醸《かも》し出している男の人が近づいて来るのを見上げます。

黒で統一されたぴっちりとした感じの服にマント。目を引くのは目の周りだけを覆う黒のマスク。年齢はまだ青年と言って良いくらいです。

リバースは空気を読んだのか止まりました。

臆する必要はありません。まずは冷静に状況を分析しないと。

「あなたは……？」

「俺か？　俺はこの魔大陸の覇者。レメゲトン魔大帝だ。貴様を追っていた黒幕と言えば分かるか」

「ひいいいいいいいいいいいいいいいいいいいいいいいいいいいいいいいいい!?」

思わず絶叫して絶望して金切り声を上げてしまうのと同時に心が砕け散ってへなへなになってしまいました。

さすがに運が悪すぎます。

あの女の人がペカーってなって、魔大陸に吹っ飛ばされて、頼りにしていたアリアケ様からはぐれて衛兵に囲まれる。

そこまではよしとしましょう。

私のラック的に仕方ないと思えました。

でも、これはあんまりです。

だって、キング・オーガ10体で私を追跡させた黒幕の城の中庭に飛ばされるって、それってさすがに不運過ぎます！

その上、自分を追っていたのが、魔大陸随一の帝王たるレメゲトン魔大帝なんて〜。

「おおん神様！　あんまりです！　あ、でもあのピカピカ女さんが女神様でした！　ということは神様にもすがることが出来ない。ああ、もう死にました！」

「変わった女だな。諦めが早いな。これが俺の片翼とは信じがたいが、その紋様が動かぬ証拠か。ふむ」

片翼？

「この紋様が何か？　これは火傷でついたものなんですけど……。なので勘違いなので、おうちに帰してもらっていいですか？　ではではー」

「捕縛しろ。尋問する」

「ですよねー！」

「緊迫感のない女だ。それはそれとしてパウリナよ。先ほどアリアケと言ったか？」

「あ、はい」

しまった。迷惑をかけてしまうかもしれない。でも、もう口に出してしまっているのでとぼけても無駄だろう。

「どういう関係だ？」

どういう関係。

関係……。

何度も命を救ってもらって、頼りになって、堂々としている。守ってくれる男性。

つまり。

「理想の結婚相手？」

ああー。でももう奥さんがいるって言ってました～。

ああー。でもたくさんいるとも言ってました～。

ということは、私もその一角に？　きゃ～!!

「ほう。それは面白い」

そんな私の内心とは別に、レメゲトンさんはニヤリと嗤《わら》う。

「ではその希望をこのレメゲトン魔大帝様が打ち砕くとしよう。それにその男の名はこの魔大陸にも轟いているが、魔大陸の覇者である俺の敵ではない。くくく。鍵を開ける儀式として申し分のない戦士の生贄《いけにえ》ではないか」

勝利を確信して、唇をいやらしく歪めた。

「まぁ、俺が出るまでもあるまい。四魔将に討伐命令を出すとするか。くくく」

四魔将とは、この大陸のほとんどを支配するレメゲトン魔大帝に従う強力な幹部たちのことだ。一人で王国を滅ぼすことすら可能と言われている。

「ちょっ！　やめてください！　あなたの目的は私でしょう!?」

さすがに生贄……だなんて。殺すつもりがあると知って黙ってはいられない。

でも。

「くっくっく。使命も忘れた愚かなる末裔《まつえい》よ。お前は黙って俺の指示に従っていればいいのだ。連れて行け。そして、アリアケがレメゲトン魔大帝の幹部に殺されたという報告を大人しく待つが良い。その報告はすぐに届くだろうがな！　はーっはっはっはっはっは！」

私の力では衛兵たちの力にはかなわず、そのまま牢へと連行される。

食事などは出るが監禁状態だ。

「どうかご無事でいてください、アリアケ様」

普段はクラゲのようにフニャフニャとするだけの私だったが、この時だけは、真剣に彼の無事をお祈りしたのでした。

～アリアケ視点～

「きゃあああああああああああ!!」

「今のは子供の悲鳴ですよ!?」

「そのようだな。あっちだ。スキル《スピードアップ》付与」

俺たちは魔大陸へ女神イシスのバグによって時空転移をさせられた後、一旦、オートマタ種族の女王エリスと手を結ぶことになった。エリス自身は単に宝物と噂されるパウリナの紋様に興味があって狙っていたようだが、女神の時空転移によって大きな謎があると感じて、俺と一旦手を組むことにしたようだ。

「今日のご飯はなんでしょうか。ワクワクが止まりません」

「あらあら、エリスさんたら、実はアリアケ君の手料理が目当てで仲間になったのね？」

「侮辱はやめて頂きたい。私は我がパートナーのアリアケと、女王として、今回の事件を探ろうとしているだけです」

「ならワクワクと口に出すのをやめられた方が無難かと思うのですが……。あとパートナーとさらりと口にしているのが若干ボクには気になるのですが他意はないんですよね？」

「ふむ、人間と言うのは細かいですね。しょせんは言葉尻に過ぎません。しかし善処しましょう。

パートナーの仲間たちの機嫌を損ねるのは、パートナーと私の今後の関係にとって有益ではありませんから」

「善処できてませんよ!?」

後半部分の会話の意味は俺にはよく理解できなかったが、とにかく、俺たちとエリスは一時的とはいえ、パウリナという今回の事件の中心を巡って手を組むことになった。

エリスによれば、現在俺たちがいるのは魔大陸の南方にある翼人種が統治する【フリューム王国】の北の森林地帯であるらしい。そのため俺たちは南下しつつ、街を目指していたわけだ。

しかし、そこに不意に子供の悲鳴が轟いて来た。

俺は反射的にスキルをパーティーメンバー全員に使用し、現場へと疾走したのである。

そして、そこにはある意味予想していた光景。

この魔大陸で横暴を繰り返す存在としてエリスに教わった、トロール族たち10体が、背中から美しい羽根をはやす子供たちに、今まさに襲い掛からんとする瞬間なのであった。

「助けなくちゃ!」

ラッカライが叫ぶよりも早く、

「スキル」

「え?　先生?」

俺は足元の握りやすい大きさの礫《つぶて》を拾って大きく振りかぶって〜、

「《投擲《とうてき》》!!」

　思いっきり！

　今しも襲い掛かる寸前だったトロールの脚に投げつけたのであった。

　ベキイイイイイイイイイイイイイイイイイイイイ!!

「ギ!?」

　一瞬、何が起こったのか分からないそのトロールはキョロキョロとするが。

「ギイイイイイイイイアアアアアアアアアアアアアアアア!?」

　自分の脚にめり込み、ひしゃげかけた太ももを確認するのと同時に、激痛とあいまって、大絶叫を森林にこだまさせたのである。

「我がパートナー。あれは恐らく魔大陸を統べるレメゲトン魔大帝の手下四魔将ギガテスの部下たちです。それを敵に回すことになりますが、宜しかったのですか？」

　エリスの冷静な声が響く。

　俺は微笑みながら、

「ん？　ああ、それなら好都合だろう」

　俺の答えにエリスはやや首をかしげるが、

「無法が通っているのなら、その魔大陸を統べるレメゲトン魔大帝という無能に代わり、俺が魔大陸を皇帝として統一しよう。それが一番手っ取り早いからな」

俺の淡々とした回答に、珍しくオートマタのエリスは目をパチクリとしたのであった。

「それは、魔大帝から帝位を簒奪《さんだつ》すると言うことですか？」

「簒奪と言うか……。本来、その能力のない輩《やから》が権力を持っている状態なんだろう？　それは結構迷惑じゃないか？　まぁ、別に俺はそんな権力や権威は欲しくとも何ともないんだが……。だが、子供を襲わせるような部下を野放しにしている、そのレメゲトン魔大帝とかいう無能者よりはよほどマシだろう？」

「なるほど。子供を助けるためだと言うのですね？」

「まあな。子供を助けるのは大人の義務というものさ。それすらできないから、自然と民意によって、権力が俺にもたらされるというだけのことだな。だから、これは簒奪じゃない。まぁ、俺がなぜか王位についたり星の……まぁいい。そんな地位につくのは自然現象のようなものだ」

「先生、若干諦めが入り始めてますね……」

ラッカライの指摘にハッとする。

「ほ、本当だな。なにげにさらっと皇帝になるのを受け入れていた……恐ろしい」

「しかし、そんなことが本当にできるものなのですか？」

エリスは半信半疑といった様子である。

しかし。

「あら、でも、それは名案だとお姉さんは思いました！　なぜかというと、とても分かりやすいからです！　お姉さんは一票ですね！　愛のために！　子供のために！　殴り愛をする精神を我がワイズ・ブリギッテ教は歓迎します！」

「……一言いいですか？　我がパートナー。あなたの仲間たちは些《いささ》か猪突猛進《ちょとつもうしん》が過ぎるのではないですか？　仲間はもっとバランスを考えて集めた方がいい」

「いや、もう少し色々いるんだがな、本当は」

多分、こちらに向かっているだろうから、そのうち合流できるだろうさ。

さて、俺たちはそんな会話をしつつも、行動は素早く、背中から美しい羽根をはやす子供たちの前に回り込んでいた。

翼人種はエンデンス大陸には存在しない種族であるため、初めて見るが、エルフとはまた違った幻想的な雰囲気をまとっている。

だがまぁ、やることは普段と変わりはない。

怯《おび》える子供たちに一声かける。

「安心しろ。この雑魚どもを始末したら、親のところまで送って行こう」

俺がそう言って微笑む。だが、彼らの表情から不安は消えない。

「だ、だめだよ。ト、トロール10体なんて！　殺されちゃうよ！」

そんな子供の叫びに呼応するように、俺に攻撃されたトロールを含め、相手はいっせいに殺意をむき出しにして、大音声《だいおんじょう》を響かせた。

巨人たちが怒声を発することで、周囲の木々がビリビリと震える。

「そのガキどもの言う通りだ！　がはははは!!」

「こんなことをして！　ただですむと！　おもっていまいなぁ！」

「そうだ！　俺たちは四魔将ギガテス様の部下だぞ！」

「逆らえばお前らはおろか、フリューム王国さえも、ただではすまん！　女、子供も皆殺しだ!!」

「ぐははは！　そうだ！　愚かなことをしたな！　謝ってももはや許しはせんぞ!!」

そんなトロールたちの威圧。

子供はおろか、普通の冒険者程度ならば、萎縮して震えあがることだろう。

だが、俺はむしろ微笑みを浮かべてしまった。

「な、何がおかしい!!」

「恐怖でいかれちまったのか!!」

勘違いをしてさらに居丈高になるトロールたち。

しかし、更に俺は笑みを深くした。

そして言う。

「ふむ、では俺の方も少し自己紹介しよう。俺の名はアリアケ・ミハマ。この大陸の全ての王国を統べる【皇帝】だ。さっきそうなることを決めた」

「な、なにを!?」

トロールたちがギョッとした表情をする。

「馬鹿を言うな！」

「そうだ！　この大陸はレメゲトン魔大帝様が統治なさっておられる！　そして、その四魔将の一人たるギガテス様が、ここいらの王国の統治を直々に任されているのだぞ!!」

激しい怒声だ。

しかし。

「馬鹿は貴様らだ！　この屑どもめが!!」

「ぐあ!?」

「な、なんだ!?　この圧力は!?」

俺が少し威圧すると、10メートル近い巨人どもが一気に気圧《けお》される。

「お前らのような子供を襲うような犯罪者を野放しにする統治者ギガテスとやらも同罪の重罪人であることは自明だ。そして、その無能のギガテスを四魔将とやらに据えている無能大帝レメゲトンも帝国運営には不向きな無能であることを、今まさにお前たちが証明している。そんなことも分からんのか」

「犯罪者!?」

「無能だと!?」

やれやれ……。

言われなければ分からないのか？

俺は鼻で嗤いながら言う。

「そうだ。子供を襲うなど重罪以外の解釈のしようもないだろうが。ゆえに、俺がその無能なレメゲトン魔大帝とやらに代わって、皇帝としてこの魔大陸を統治することにした。要は尻拭いというわけだ。そして、そんな皇帝たる俺の第一の仕事は……」

俺は聖杖キルケオンを掲げて宣《のたま》う。

「皇帝勅命《ちょくめい》として、魔大帝レメゲトン、そして四魔将の権力を剝奪することを宣言する。罪は追って償わせる。次に、お前たちにも、皇帝たる俺の法に従って罪を償ってもらう。とはいえ、俺は暴力は嫌いだ。フリューム王国の街も近い。そこで裁判を受け、牢屋に入り罪を償うがいい」

俺は犯罪者たちに対して、そう命令を下したのであった。

どれも子供を襲おうとしていた犯罪者たちに対しては妥当な罰であろう。

だが。

「か、勝手なこと言ってるんじゃねーぞ！」

「そうだ！　我らは誇り高き四魔将ギガテス様の部下！」

「魔大帝レメゲトン様を侮辱した罪、死んで償えええええええ！」

トロールたちが激高して襲い掛かってくる。

俺は呆れた声で首を横に振る。

「時代について来ていないようだな。そいつらはもう大帝でも四魔将でもない。俺がそう決めたのだからな。ゆえに、我が法に基づき、お前らはただの子供たちを襲う犯罪者集団だ。獲物を狩る側ではなく、皇帝である俺の法に裁かれる側に回ったと知れ。《スキル・リピート》」

俺はスキルを詠唱する。

「黙れ！　ガキどもをやる前にお前らから先にやってやる！」

「せいぜい、後悔しろ！」

「脆弱な人間めが!!　お前を喰らってから、次は後ろのガキどもも喰らってくれる!!」

怒気をほとばしらせてトロールたちが肉薄する！

もはや、その巨体は数センチにまで迫っている。トロールたちは必殺を確信したであろう。

怒りの双眸の中にも獲物を捉えた時の喜悦がある。

だが。

ドシュ!!

ドゴオオオン!!

ビュン!!

ドシュ!!

「へ？」

「あ……れ……」

「ど……う……し……て……前に……す……す……め……」

10体いたトロールたちは俺たちに近づこうとするが、その動きは次第にゆっくりとなっていく。

そして、

「ぎ、ぎゃああああああああああああああああ!!」

数体にのみ、断末魔が轟いた。

それもそのはずだ。

あるトロールはサラサラと砂のように消滅し、ある者は自分が既に心の臓を貫かれていることに気づかなかった。またある者は急所だけを破壊され身体を動かすことは不可能だったのだ。

そうしたトロールたちは断末魔を上げることすら許されず、俺たちの圧倒的な力の片りんを垣間見ただけで消滅していった。

恐らく自分たちが死んでいたことにも気づいてはいない者も多かったであろう。

それほどまでに、俺たちの攻撃は圧倒的なスピードと技術を誇っていたのである。

「ふん、自業自得だな。子供を傷つけようとする輩に容赦はない」

俺は何ら躊躇《ちゅうちょ》なく断言する。

「ですね！　子供に手を出そうとするなんて、人魔同盟学校の先生陣をなめてもらっては困りますよね」

「ふ、その通りだ。それにしても『後《あと》の先《さき》』も極まってきたなぁ、ラッカライは」

スキルを付与しているとはいえ、もはやその斬撃は見えないほどのスピードだった。

「待ちなさい、私も攻撃に参加していましたので、相応の評価を求めます」

「ボクよりちょっと遅かったですね、ふふん」

「む？　それは、速さより質を重視したゆえにですね」

「まぁまぁ、いいじゃないですか。心臓の必中さすがでしたよ。仲良くしましょう。争いは何も生み出しません。ちなみに私は4体やりましたので、いちおう申告しておきますね、アリアケ皇帝？」

「一番競争心強くないですか？」」

やれやれ。俺は苦笑する。ちなみに残り1体は俺が改めて投擲で倒しておいた。恐らく死んだことに気づかないまま逝けたことだろう。

せめてもの慈悲だ。

「さて。とりあえず無能な元魔大帝レメゲトンの尻拭いは一旦完了だな。やれやれ子供が無事でよかった」

俺が子供を守れたことにほっこりとしていると、おずおずとした様子で一番年長の翼人の少女が言った。実際の年齢は分からないが10歳程度だろうか？

「た、助けてくれてありがとうございました。あの強いトロールたちを一瞬で倒してしまうなんて……」

子供の翼は小さめで、可愛《かわい》いものだと思ってつい口元をほころばせる。

「むしろ、ああいった存在を野放しにしている大人の責任というものだ。そのあたりの尻拭いをしたいと思っている。すまないが君たちの街まで案内してもらってもいいだろうか？」

「も、もちろんです。命の恩人ですから。ね、みんな」

「う、うん！」

「むしろ、街まで護衛してもらいたいと思ってた！」

「こ、こら！　助けてもらっておいてなんてことを！」

だが、俺は笑った。

確かにそうだ。

他にもトロールがいるかもしれない。

「ああ、そうだな。では護衛として同行させてもらおう。俺はアリアケ・ミハマという者だ」

俺は右手を差し出す。握手という文化は無いかもと思ったが、

「は、はい！　アリアケ様!!　私の名前はリムと言います」

ちゃんと手を握ってくれたのだった。

「ほう。ここが翼人種が統治する【フリューム王国】か」

フリューム王国は城壁により囲まれた都市国家であり、先ほど門番に事情を話して入れてもらっ

たところだ。

「でも先生、何だかみんな元気がないように見えますね」

「それよりあっちが騒がしいようですよ、アリアケ君」

そのようだな、と思いながら俺は目を遠くへと向ける。何やら土煙を立てながら迫って来る集団があった。

そして、俺たちの前を通り過ぎるかと思いきや、急ブレーキをかけて止まった。

先頭の女性がまくしたてるようにして、めっちゃ唾を飛ばしながら突然話し始める。

「そ、そこの方たち、待って待って！　はぁはぁ、えっと、申し遅れました！　私はフリューム王国の女王なんですけど！　ぜえ、ぜえ。なんと、付近にトロールが出たらしいんです！　私たちはその討伐隊です‼　子供たちが外に出ていると聞いて、こうして近衛兵を率いて出陣するところです！　あなたたちは見れば武器も所持されているご様子！　ぜひ、傭兵として私に雇われて下さい！　報酬は、ええいもってけドロボー！　1万ルベルだ‼　おおん、これで今月も女王の使えるお金がなくなっちゃったよ、ぴえん‼」

一気にまくしたてて要望を告げたのは、俺よりは少し小さいながらも女性にしては身長の高い、見た目20歳くらいの緑の髪とアンバー色の瞳が美しい女性だった。美しい白亜の翼は陽光に照らされてキラキラと光る。

あと、聞き間違えでなければ、女王らしい。

「ああ、それなら手間が省けたな。ちょうど俺たちが通りかかったところに、多分お前たちが助けようとした子供たちがトロール10体に襲われていてな」

「そんな！　時すでに遅かったということなんですね！　10体だなんて子供たちが逃げきれるはずありません！　うおおおおん！」

「まぁそんなに獣のような咆哮《ほうこう》を上げる前にだ。もう少し話を聞いて欲しい。フリューム王国女王よ」

「ミルノーです!!」

「俺はアリアケだ。よろしく頼む、ミルノー女王。で、まぁ話を聞いて欲しい」

「うっ、うっ、鬱。どうせ私のせいだって言ってなじるつもりなんでしょう。いいでしょう、私も女王です。私の政治がポンコツなばっかりに四魔将ギガテスの横暴に屈し続けてきました。そして、とうとう大事な子供にまで。うえええええええええん」

見かねてリムが口を挟んだ。

「ミルノー女王様。あの、私たちは無事ですので。このアリアケ様に助けてもらったのです」

「やめて！　優しくしないでよ！　今の私は女王としての無力感に絶望して、責任を感じまくって内省しまくりなんだから！」

「はぁ。やれやれ、どうしたものか……」

「すみません、アリアケ様。いちおう女王でして。あの人気もあるんですよ？」

「まあ、そうだろうな」

俺は微笑む。

「話は聞かんし、直情的でちょっと頭のネジが一本外れているようだが、自分が先頭に立って子供を救いに行こうとするんだ。へっぽこなど短所のうちに入らんさ」

「パートナー、褒めているつもりでしょうが、貶《けな》しているワードの割合が過多になっていますよ」

「まぁ、でも分かります。確かに為政者って完璧なだけが取り柄じゃないですからね。アリアケ君みたいに超人なのもいいですけど、コレットちゃんみたいな可愛いお姫様にこそ付いて行きたい！っていう殿方も多いみたいですからね。と、そんな結果が先日旅館で行った第5回賢者パーティー・ファン投票で判明したんですよ」

「暇を持て余しすぎでは……。まぁ、担いでくれる仲間たちが俺のような上に立つ者には必要だからな。その資質は何も俺のような完璧さだけではないのはよく知っているつもりだ」

「その視野の広さを持っているのが先生の凄いところですよね！」

俺はそんなことないとばかりに苦笑しながら肩をすくめて、反省中《トリップ》のミルノー女王にもう一度声をかける。

「《混乱状態解除》。ミルノー女王、こっち側に戻ったか？　なら、さっきから話している内容も聞いていた内容も、そろそろ理解出来たろう？　ちゃんと子供たちも無事だし、こうして送り届けた」

「うおおおん!!　良かったよおおおお!!」

「スキルが効いていないのかな？」

「いえ、これが天然なんです」

そうか、と頷きながら、子供たちを抱きしめてメソメソする女王に告げる。

「とはいえ、トロールは今後も現れるだろう。また行きがかり上、トロールには投降をすすめたものの、襲撃を続けたのでな。倒すしかなかった。だが、こうなれば恐らく俺を狙ってトロールやその上司にあたる四魔将ギガテスが襲ってくるだろう。今日は出来れば宿泊させて欲しいと思っているが、無理にとは言わないつもりだ。ただ食べ物などだけは補給を……」

俺がそこまで言いかけた時であった。

「逃がさん！　あなただけはー！」

突然、ミルノー女王が襲い掛かって来る。というか、普通に腰に抱き着いて離そうとしないだけなのだが。

「ええい、離せ！　いきなり何だっちゅうんだ！」

俺の言葉にミルノーは叫び返してくる。

「だってだって、アリアケさんを襲うかもしれないけど、結局この国を脅してくることは未来永劫変わらないんだもん！　だから敵は共通！　ここは一つ手を組みましょう！　欲しいものがあったら出来る限り融通するからー！」

「うーむ、結構渡りに船のような提案なのに、不安しか湧いて来ないんだよなぁ」

「どうしてよ！　正直すぎるわよ、アリアケさん！　んっ、ていうか……」

彼女は俺の方をジロジロと見てから。

「なんだか貴族か王族のような気がするんだけど気のせい？」

「ん？　いちおうエンデンス大陸では国王をやっていた。魔大陸では帝国を建国するつもりだ」

「先生ったら、いきなり過ぎますよ。それじゃあ女王様も理解が……」

しかし、ミルノー女王は目をキラキラとさせながら、満面の笑みを浮かべながら言ったのである。

「加盟します！　帝国に加盟します！　どうかどうか！　この王国に慈悲と力を皇帝として貸して下さい!!」

「侮れない判断の速さだな」

「あー、女王のこと軽薄だと思ったでしょ！　分かるんだからね！　でもね、これも分かっちゃうの。女王には」

彼女はウインクをしながら言った。

「誰に寄生すればうまく生きながらえられるかってね♪」

そう堂々と宣言したのであった。

「女王よ。不器用なオートマタ種族の私が言うのも何ですが『言葉を選ぶ』ほうがコミュニケーションが円滑になると思いますが。せめて、『誰が信頼できるか分かる』とでも言っておけば、いい

感じのムードだったとシミュレーションの結果は指し示しています」

「おっと、しまった、てへ☆」

「はぁ、やれやれ」

俺は苦笑しながら、全力で頼って来るフリューム王国女王ミルノーに対し了承の意を伝える。

「俺もお前が少なくとも面白い女王だということくらいは分かるさ。アリアケ帝国の一つ目の王国の女王がお前というのはどうかなーって正直思うけどな」

「ひどいよー」

そんな会話をしながら、俺とミルノーは今後の作戦について意見を交換したのであった。


「さて、それはそれとして、我がパートナー。このようなヘッポコな女王が統治する王国だけでは、帝国としての体裁に傷がつくというものです」

「一理あるな」

「酷いよ!?　目の前で言わないでよ!?」

場所は会議室である。

整理しておくと、俺たちアリアケ帝国の最終的な目的は、魔大陸との間にあった【霧のカーテン】が消失した理由の解明と、魔大陸の無力化ということになる。もちろん、【霧のカーテン】が復活すればそれはそれで良いが、俺が皇帝として君臨してしまった方が早いというのが現時点での判断だ。その過程の最初の目的として、行方不明になったパウリナの救出があり、また、次いでバグというか仕様と思える時空転移を起こした女神の挙動の理由を判明させることなどがある。

……無論、皇帝など面倒なので、出来れば【霧のカーテン】が復活すればいいとは思っているが。

現時点では俺が動くのが最も早く確実なので仕方ない。これも賢者の務めといったところだろうか、やれやれ。

さて。そんな訳なので、オートマタのエリスが言ったように、アリアケ帝国に加盟する国を増やしていくことは重要である。発言の重みも違うし、そもそも一国だけ支配していても帝国と名乗っていいのか微妙なところだ。

「そこで提案があります。もちろん、これはあなたが今後も私のパートナーであり続けることを誓うのなら、という条件付きですが」

「今まで通りということだろう？　別に構わないが？」

「構った方がいいですよ、アリアケ君。これはお姉さんからの忠告です。アリシアさんが怖いですよ～」

「そうです、そうです！　あとですね、アリアケ先生は妻帯者ですから！　エリスさんは、そこのところお忘れなく！　ちなみに、パートナーについては順番がありますので、そのあたりも宜しくです！　ボクは3番目！」

「あら、私の理解では、最近フェンリルさんが神話時代からのパートナーであることが判明して、入れ替えが起こったと聞いていましたけれど？」

「まだ賢者パーティー女子会で審議中です。あんなのズルいですよ～」

「そうなんですね。まぁいいです。今度交ぜて下さいね？」

「え？」

「え？」

ラッカライとブリギッテの会話にエリスが口を挟む。

「話に割り込ませて頂きます。本筋から離れているようですので」

「誰のせいだと思ってるんですか！」

「既に予約が沢山埋まっているということでしょう。ならばパートナーには迅速に、その賢者パーティー女子会メンバーと懇《ねんご》ろになってもらう必要がありそうですね。私もその点については尽力しましょう」

「思ったよりも柔軟で理解力があるオートマタって解釈違いなんですけど!?」

ゴホンと俺が話を本筋に戻すために咳ばらいをした。

「で、エリス。その提案と言うのを教えてくれないか？」

「ええ、我がパートナー。私も女王と名乗るからには国を持っています。小さな国ではありますが、国は、国です。人口もオートマタ種族という増減しない人形《ひとがた》が数十人いる程度になります」

「なるほどな。数が少ないのは繁殖も老衰もしないからか」

「ええ。なぜか私たちオートマタはそのように創られたようです。誰に？　何のために？　それは分かりません。分かっているのは同じ起動時間の姉妹たちがこの魔大陸で目を覚まし、今までの千年間を過ごして来たということです」

「千年ね」

「何か？」

「いいや、続けてくれ」

彼女は頷き。

「女王の権限として、時限的にあなたの帝国に加盟しても良いと思っています。なぜなら、得る物は多く、失う物は少ない。もとより私の国は統制の取れた国であり、感情などない。利益と合理に沿ってのみ、駆動する種族ですから」

「2日に一度ペスカトーレを出さないと感情的に怒られた記憶があるが……」

「見解の相違ですね。神経システムに絶望を知らせるプログラムが走り、モチベーションを助けるメインの思考回路が断絶気味となり、敵味方の誤認が反転する重要なシグナルが発せられるだけです」

「めっちゃ怒ってる、この女王、こわいよー！」

ミルノーが怯えた。

「ともかく、あなたの帝国に加盟することは直接出会い、矛《ほこ》を交えた私にとって合理性への疑いはありません。しかし、もしかすると、私の姉妹たちは違うかもしれません。なので、パートナー、あなたはもしかすると、姉妹たちに力を誇示しなくてはいけないかもしれません。それが加盟の条件です」

「いいだろう。この魔大陸では強い事が信頼の証《あかし》になるようだ。郷《ごう》に入《い》っては郷に従えとも言うしな。姉妹と戦う必要があるならそうしよう。ただ心配が一つある」

「珍しいですね。聞きましょう」

「手加減が一番難しいからな。やりすぎないように出来るか心配だ」

「さすが私のパートナーは言うことが違います。では我が国へ案内しましょう。場所はこのフリュール王国より西になります。海を経由した方が早いでしょう」

「では、早速明日には行くとしよう。ミルノー女王。色々と用立ててもらっても構わないか？」

「もっちろん！　その代わり、げへへ、うちの国のこともよろしくお願いしまっせ!!」

「魔大陸には普通のテンションで話が出来る人材が払底《ふってい》しているのか？」

俺はそんなことを言いながら、翌日一路、海路を使い、オートマタ種族が治める国【プロメテル】へと赴いたのであった。


さて、どちらかと言えば非常に広大な入り江と言った方が適切な海を、ミルノー女王より借りた船で渡ると、オートマタ種族が治める小国家プロメメテルへすぐに到着した。

オートマタ種族の女王エリスとしては、帝国に加盟することは国益にかなっていると判断している。

しかし、新しい国に訪問するからにはどういったトラブルが待ち受けているか分からない。

アーパー女王ミルノーが治めているフリューム王国の緩さは例外だと理解すべきだろう。

そんな覚悟を決めて、俺たちが港に到着して早々、やはり思いがけない事件が待ち受けていたのだった。

「やっぱり来やがったな、アリアケェ！　ここで会ったが百年目だ！　また俺をこんな目に遭わせやがってえええ!!」

ガギイイイイイイイン!!

桟橋へ降り立ち、埠頭《ふとう》を歩いていた俺にいきなり攻撃を仕掛けて来るという大胆不敵な敵が出現したのである。

しかし。

ドゴオオオオオオオオオン!!

チュドオオオオオオオオン!!

メキイイイイイ!!

「おごおおおおおおおおお!?」

「あっ、すみません。ついカウンターで顎砕きを放っちゃいました」

「私も第2種兵装兵器【E・ブレード】で斬撃を喰らわせてしまいましたね」

「正拳突きがこれほど奇麗に決まったのは初めてかもしれません。手になじみます」

なぜか俺の警護を買って出てくれている3人が、見事に3人とも猛烈なカウンターを炸裂させていた。

「あれくらいの攻撃なら俺一人でも対応できるから大丈夫なんだが……」

「いえいえ、先生は今や【皇帝】ですから。ドーンと構えていてください。んふふふ。ボクもとうとう皇帝のお傍付きかぁ。アリアケ皇帝。くぅ〜、テンションが上がります！」

「まぁ、私も加盟国の女王にして、唯一のパートナーですから。粗相をするわけには行きません」

「唯一とか言ってますよ、この女王さん。抜け目のなさはローレライさんの波動と同じものを感じるお姉さんです！」

まぁ、意気軒昂《いきけんこう》なのは良い事か。

それよりも、いきなり襲ってきた刺客が誰かと思いきや。

「ちょっと、ビビア。大丈夫なの!?」

「ほらー、もう無理だからやめとけって言ったじゃーん。上司も見てないんだから無理することないってー。適当に仕事してダラダラしてよーよ」

「そうだな。筋トレしてるのが良い。万人におすすめできる暇つぶしだ」

「それはあんただけやってな。あたしは新しいネイルアートのデザインにはまってんのー」

どうやらカウンターによって倒してしまったのは、

「勇者ビビアとそのパーティーメンバー全員か。どうしてここに？　いや、問うまでもないか」

俺は臨戦態勢を取る。

「え？　いえ、違うのよ、アリアケ。これはビビアが感情の赴くまま先走っただけで」

「果たしてそうだろうか。勇者ともあろうものが感情を制御しきれずに襲い掛かるなどあるわけがないだろう？」

「その通りなんだけど！　でもあなたもそろそろこの勇者の性格を把握しても良くない!?」

デリアがそう叫んだ瞬間であった。

「そう。そやつらは我が部下。『エンデンス大陸』で『勇者パーティー』というからには最強パーティーの代名詞なのだろう？　エンデンス大陸から派遣された彼らは、この私デュースに戦いを挑み一敗地に塗《まみ》れ、殺さないでと泣きながら命乞いしてきたため余りに哀れなので部下にしたのだ。そして、今は同族であるお前たちを迎撃するように命じたのだ。くっくっく」

そう言って現れたのは、エリスとよく似ているが、肌の色が褐色の少女である。

「そうなのか。だが、いちおうそこに倒れて白目を剝いているのがリーダーの勇者ビビアだ。いちおうリーダーを倒したから、勇者パーティーは倒されたのではないか？」

俺の言葉にその少女はこめかみを押さえるような仕草をする。なかなか人間くさい。

「『エンデンス大陸』最強のはずなのに弱すぎる！　ちゃんと給料分働かんか！　労働は美徳だ

ぞ！　ほら、お前たちも行け！　ああ、もう勇者ビビア！　お前ももう少しがんばらんか、蹴り！」

「うぎいいいい！」

活を入れられて、とりあえず涙目のビビアも立ち上がった。

「ああ、なるほど。今まで霧のカーテンが覆っていたから、情報に誤りがあるんですね。デュースさん……、お可哀そうに」

「そこの着物姿の女に普通に同情されているのが気に食わない！　ええい、お前らも一矢報《いっし》いないか！　給料は2倍出すぞ!!」

「へへへ、初めからそう言えばいいんだよ。今のはデモンストレーション。ここからが本番って奴さ！　行くぞ、てめえら!!」

「「給料2倍！　お金大事に!!」」

「言いだしておいてなんだが、勇者というのはそんなお金に左右される人種で良いのか？」

だが、実際にお金に釣られて、なかなかのバフがかかっているようだ。

「ところでエリス女王！　どうしてあなたがそこにいる！　あなたがいつも国を空けるから、私がその穴埋めをしているのだぞ！　あなたに女王の座は相応しくない！　この国は私が今後代わって統治する！」

「クーデターというやつですね。面白い。ではこっちはこっちで戦いで決着をつけましょう」

「種族Ｎｏ．２デュースを舐めないでもらおう！」

ガギイイイン！　とお互いのブレードを交差させた。

あっちはあっちでドラマがあるようだ。

「ふむ。はからずも勇者パーティーVS賢者パーティーの構図だな。いつもの主要メンバーがだいぶ不足しているが」

俺は独り言を言った……つもりだったが、

「そうですね～。では加勢しますね、アリアケさん。夫のピンチに駆けつける。これぞ妻の役目ってやつですよ、キャッ!!」

妻《アリシア》の声が不意に響いた。

だが、それだけでは終わらず……。

「わしも最近、気のせいかめっちゃ身体がなまっとったから、ちょっと本気出して良い？　具体的にはこの半島吹っ飛ばすくらいの勢いでやっちゃって良い、なのじゃ！」

「コレット……」

「我も最近２番手に浮上したのでなぁ。ほとんど妻みたいなものであると自覚しておるからの。さあ、我をアリシアのように扱うが良いぞ、我が主」

「フェンリル……」

「あてぃしは完全に興味本位で来ただけだけど、魔王より魔大帝とかの方がエラソーなのだ！　あてぃしがそれ名乗りたいのだ。手を貸すのだ！　アリアケっち!!」

「魔王リスキス……」

「セラもおりますので。仄聞《そくぶん》しましたところ、アリアケ様は皇帝になられるのですか？　ああ、グッズ展開がはかどりますね。早速開発にうつりましょう！」

「姫としての稼業はどうした、セラ」

「まぁ次期大教皇になるのは避けられそうにありませんので、知見を広めに来ました、ローレライもおります。ところで皇帝の奥方は皇妃と言うらしいですね。大教皇と似てますね？」

「……なぜ全員いる？　いるんだろう、バシュータも？」

俺は額に手を当てながら、近くに潜んでいるだろう斥候のバシュータを呼ぶ。

「いやぁ、いきなり旦那が海辺の街『バンリエ』からラッカライ嬢と消えたもんですから、駆け落ちだとか何とかで大変でしてね。ただ『愛のパワー』『真の絆』『結婚』とかいう祝福《呪い》によって、奥方には大体の場所が分かるそうで。そんなこんなで大陸へと来たって訳ですよ」

神代でも追いかけて来てくれたぐらいなので、驚くほどではないか。

「まあ了解した。ではとりあえず、勇者パーティーを倒すとするか。今や彼らはオートマタ種族の部下であり、俺たちの敵らしいからな」

その言葉に、ビビアたちは顔を青ざめさせた。

「ちょ、ちょっと待て!?　た、確かに賢者パーティーと戦うとは言ったが、そんな大勢で攻撃して来るなんて聞いてねーぞ!?」

「そ、そうよ！　ほら、ちょっとはね、こう手加減してもらって」

「数を頼んで攻めるなんて男のすることっちゃねえよ！　ずりーんだよ！」

「そうだ！　プララの言う通り筋肉以外に頼るな！」

「エルガー！　てめえ、言ってねーよ！　そんな気持ちわりーこと!!」

勇者パーティーからは怒号というか、悲鳴じみた声が轟くが、俺は肩をすくめて言った。

「いや……襲撃してきているのは……お前らの方なんだが？　こちらが防衛のために人数をそろえることに、なんら疚《やま》しさを覚える理由はないんだが……」

その余りの正論さに、ぐうの音も出ない勇者パーティーであった。

まぁ、とりあえず、命令されているという立場も鑑みて、手加減してぶん殴ることにした。

「んぐわあああああああああああああああ!!」

埠頭には、再び勇者ビビアたちの絶叫が響くのであった。


「くっ、クーデターは失敗か。殺すなら殺せ。だが、お前のような女王が長く君臨出来るとは思わぬことだ、エリス女王!!」

さて、壁に突き刺さったり、地面で伸びている勇者パーティーの面々は置いておいて、あっちはあっちで決着がついたようだ。さすが女王の称号を持つだけあって、圧倒的な力でエリス女王は、

Ｎｏ．２のデュースを制圧していた。デュースは悔しそうにしながら破れた服というか、損傷した装甲を押さえている。

「あの二人よく似ていますが、デュースさんは褐色肌で出るとこ出てて、お姉さんとしてはどっちも選び難いですね!!」

ブリギッテの言葉に、魔王と大聖女は呆れた声を上げる。

「３００年間の封印から解かれたからか、この女将、最近地《じ》が出すぎだとあてぃしは思うのだ！」

「言いたくありませんが、ブリギッテ教の始祖だと信じたくない気持ちがふつふつと湧いてきました！」

ただ、その二人に対してローレライが遠い目をしながら呟く。

「ふ、私なんてそのトップに据えられる定めにあるんですが。ちなみにアリシア様のことは絶対に逃がしませんから、よろしく……」

そんなやりとりをしている間にも両者の会話は進む。

「デュース、私はあなたを殺すつもりはありません。あなたがいるから私は楽が出来るのですから。これからも女王の補佐を宜しくお願いします」

「うわあああ！　殺してくれ！　こんな女王の下で働くのはもう嫌だ！　せめて休暇をくれえ!!」

「どうやら、俺が支配しようとしているこの国はとんでもないブラック経営の国家らしいな……」

「なに、支配だと!?　貴様、確か先ほどアリアケ皇帝と呼ばれていたな。まさか、この国を支配するつもりで来たのか!?」

損傷した装甲を自分のマナで修復し、立ち上がったデュースはこちらを向いて聞いて来る。

その視線は先ほどエリスを睨んでいた時よりも、よほど熱がこもったものだ。やはり一筋縄ではいかないいか。実質的にこのオートマタ種族の実務を取り仕切っているであろう、この少女が強く反意を示すなら、無理強いをしてもうまくいかないことは明らかだ。

「そのつもりだったが、無理強いをするつもりはない。魔大帝レメゲトンの圧政によって、翼人種や他の種族たちも虐《しいた》げられていると聞いた。またこの大陸との航路はひらけたばかりで謎も多く、俺が解明するしかないだろう。また救わなくてはならない少女もいてな。そんなわけで、俺が皇帝になって、現在の無能な魔大帝を退位させるのが行きがかり上、妥当だというだけだ。ただ、だからと言って、君のように国をしっかりと想っている女性と敵対するつもりはない。嫌われたくはないからな」

それでは本末転倒というものだ。しかし、その言葉を聞いて、デュースは俺の顔をジッと見つめると、プイと頬を赤く染めて顔をそらした。

「ふ、ふん！　大した自信ではないか、に、人間のくせに！　だが先ほどの戦いでその実力は見せてもらった。それに志《こころざし》もこの魔大陸の圧政をやめさせることにあり、少女を救う使命も帯びているということのようだ。まさに勇者だ。そこに転がっているのとは違う。ふん！　き、気に入った訳ではないけど、お前がこの国を傘下に治めたいと言うなら、考えてやらなくもないんだからな！」

　ん？　それって。

「のう、旦那様。わしもそろそろ報われたいなぁ、って思っておるのじゃが、やたらめったらライバルを増やすのはそろそろやめた方が良いと思うのじゃが、どうじゃろうか？　わしってNo．2だったはずじゃろー？　わしの嫉妬でブレスの温度がうっかり一兆度を超えちゃうことだってあるのじゃぞ〜、うらめしや〜」

「ボクもですよ、先生！　先生は釣った魚に餌を上げないタイプですか!?　ボクはそんな残酷な人だとは信じませんよ!?」

「っていうか、正妻を前に他の女性といちゃつくのやめてもらっていいですかー？　これって正論ですよねー？　大陸ごとカチ割っちゃいますよ〜」

「我も別に構わぬがのう。我の主がモテる様を見るのは、非常に気分が良い。むふふ」

「神代から戻って来てから完全に第二夫人モードですよね、このフェンリル様！　ファンクラブ会長としてちょっと見過ごせないのですが！　というか、セラのこともっと見て下さい!!」

「これは以前も言いましたが、出会った順番で言いますと、私は結構最初の方ですから。コレット様より先なので、どうかご高配のほどお願いします。あと将来は大権力者なので、贅沢できます」

「人間って怖いのだ！　あ、でも、あてぃしもそんな争奪戦を眺めることでお勉強するのだ！　そして、将来は参戦するのだ、ぬははは！　これぞ魔王の深謀遠慮なのだ！」

「声に出してる時点でどうなんでしょうか。まぁ、それはともかくアリアケ君。後でこの後始末はお願いするとして、まずは皇帝として一言お願いします」

「いや〜、本当にいいのか？　確かにエリス女王から許可はもらっているが、臣下がついて来なければ意味がないが……」

その言葉に、デュースはもう一度頷いた。

「ア、アナタならいいと、私のプロセッサが言っている。アナタの命令だったら、なぜか気持ちよく受諾できそうなのだ」

「そ、そうか」

「あーりーあーけーさーん？」

本能的に危機感を覚えつつも、いちおうオートマタ種族が治める国【プロメテル】を傘下に治めることは了承してもらえるようだ。まぁいちおうこれで帝国としての体裁は成立したことになる。

そんな俺の思考とは裏腹に、アリシアが号令をかけていた。

「はい、本日は女子会を開催します。議題はアリアケさんについて、です。参加しない人は賢者パーティーでの発言権は一切ありませんので、万障繰り合わせの上参加するように！　特にそこのエリスさんとデュースさん！」

「「イ、イエス、マダム」」

有無を言わせぬ迫力が、そこにはあったのである。

～魔大帝レメゲトン視点～

「なんだと!?　アリアケ皇帝だとお!?」

俺は急ぎの知らせを伝えに来た部下に対して、思わず声を上げる。

「は、はは！　既にこの魔大陸の南部の国々をその掌中に収めているようです。あの偏屈どもの集まりであるオートマタ種族王国【プロメテル】と、行動不可解斜め上女王ミルノーの治める翼人種族王国【フリューム】。このある意味目立つ2大王国がアリアケ帝国の傘下に入ったことが大きかったようです！」

「馬鹿な！　どうしていきなり現れたエンデンス大陸の雑魚ごときに、この俺が長年の交渉と恫喝《どうかつ》で何とか支配することに成功した二国があっさりと寝返ると言うのだ!!　わ、分かったぞ、相当な手ひどい手段を使ったのだな！」

俺は一瞬狼狽《ろうばい》したものの、落ち着きを取り戻す。

恐らく、相当あくどい手段を用いたのだろう。

子供を人質に取る、あるいは、女王の命と引き換えに支配を呑ませるなどだ。

「そう。それならば理解できる。何せ俺の常套手段でもあるからな」

しかし。

「い、いえ。レメゲトン陛下。恐れながら申し上げますが……」

「ん？　なんだ？　遠慮はいらん。正確な情報を全て詳《つまび》らかに報告せよ！」

言いにくそうな部下に対して、俺は余裕を取り戻し、寛容に言葉を促す。

だが。

「そのアリアケという輩は一切武力を用いていないようです」

「なっ!?」

自然と俺の口から驚愕の声が漏れた。

と同時に。

「そ、そんな訳があるものか！　では説得でもしたというのか!?　ありえぬ！　俺には従わないのに、アリアケごときに従う訳がない!!」

そう言って、知らぬ間に地団太を踏む、が。

「いえ。まさにその通りのようです。それどころか、アリアケは襲われていた翼人種の子供を善意から助け、また恐れながら、子供を襲うような部下を野放しにしている魔大帝レメゲトン陛下を無能と蔑《さげす》み、ミルノー女王に皇帝になることを決意したと語ったようです。これに感動した女王はアリアケ帝国への帰属を決意した模様。その武勇伝に感動した周辺国のうち、もともと我が帝国に反意のあった国々が次々に呼応しております!!」

「む、無能だとお!?　エンデンス大陸の弱小たる人間如きがああ!!」

俺は思わず手元にあった飲み物をぶちまける。

だが、部下は俺が正確な情報を全て詳らかにするように、という指示を忠実に守って言葉を続ける。

「つ、次にオートマタ種族の方ですが、エリス女王はもともと宝物の収集癖のある人物であり、今回も魔大帝レメゲトン陛下がお求めになったパウリナをかすめ取ろうとしておりました。無論、その目論見はレメゲトン陛下によって阻まれましたが」

「そ、そうだな……」

褒めているつもりなのだろうが、あれも実は失敗している。

パウリナを捕縛するために遣わせたキング・オーガ10体は、弱小大陸のはずのエンデンス大陸まで追跡したが倒されてしまった。パウリナが我が城に現れたのは僥倖《ぎょうこう》以外の何ものでもないが、偶然でしかないのだ。噂によると、あれも偶々《たまたま》居合わせたアリアケによって阻まれたという噂がある。

「どこまでもこの魔大帝を侮辱しやがってぇ……！　ぎぎぎっ……！」

思わず悔しさから、歯ぎしりをしてしまう。

一方部下は報告を続けていた。

「しかし、なぜかアリアケとエリス女王らが突如魔大陸南部に出現。詳細は不明です。しかし、この時にどうやら同盟のような関係を結んだ模様です。エリス女王はアリアケのことを、我が最愛のパートナーで病める時も健やかなる時もずっと一緒にいる間柄である、と周囲には説明しているようです！」

「なぜだ！　不意を衝《つ》き、女王を人質にして【プロメテル】を支配したのではないのか!?　その言葉だけならば、ただアリアケに惚れているだけではないか!?　俺がプロメテル王国を支配するときはあれほど反抗的であり、しかも、オートマタ種族の一個体ごとが余りの強さであるために、懐柔と譲歩を繰り返し、やっと支配に至ったというのに!!　しかも、あの女王補佐のデュース・オートマトンも、いかにも頑固でどれほど難儀したことか!!」

「えっと、そのことも報告にはありまして……」

「は？」

俺の思考が追いつかないうちに、部下はすらすらと報告を読み上げる。

「そのデュース・オートマトンもこのアリアケ・ミハマという人物には執心との情報があります。かの国は実質的にはこのデュースをはじめとした5体のオートマタが、好き勝手に宝物を収集する女王エリスの補佐に回っている訳ですが、その筆頭であるデュースがアリアケのことを『アナタ』などと呼び、距離を詰めたがっているとの噂です」

「人心まで掌握しているというのか!?　あの頑固で融通のきかないオートマタ種族の腹心にまで!?」

俺にはできなかったのに！

許せん！

許すことは出来んぞ！　アリアケ・ミハマ!!

我が帝位を奪おうとする、簒奪者めが!!

「こうした強力なオートマタ種族が従ったことから、南部の国々ではレメゲトン陛下よりもアリアケの方が強大な皇帝であるという根も葉もない噂が広がり、我が帝国に反旗を翻す国々が続出している次第です！　陛下、このままでは我が帝国に甚大な被害がもたらされます!!」

「分かっている！　下がれ!!」

「は、はは!!」

部下はそう言って俺の前から下がる。正確に情報を伝えよと言ったが、これほどまでに屈辱的な情報がもたらされるとは思ってもみなかった。

地面には打ち捨てられて割れた飲み物のグラスと、ぶちまけられたワインがシミになって広がり、地団太を踏みならし、歯ぎしりをしたせいで、呼吸はゼイゼイと荒い。

魔大帝がこのような屈辱を味わって良いわけがない。

ならばやることは決まっている！

「四魔将を呼べ!!　我が帝国に挑む愚か者が現れた!!　緊急事態である!!　急げ!!」

俺は胸にわだかまるイライラを解消するように、部下へ四魔将の招集を指示したのだった。

その目的は無論、アリアケという簒奪者が、俺より無能で弱いことを証明するためである!!

4、アリアケ皇帝VS魔大帝レメゲトン

「ふむ、魔大陸の南部諸国はかなり帝国に加盟してくれたな。みな、魔大帝の圧政に苦しんでいたのだろう」

皇帝となった俺は日々加盟国を増やしていた。

今も玉座に座りながら書類をめくりつつ戦略を練っている。

「いやいや、規格外過ぎるだけですから、アー君が。例えばなんですか、あの人魚族に対する交渉は？　海の中で速く泳ぐ勝負をして雌雄を決するっていうお話でしたのに、海を割って疾走するって。人魚姫が意外過ぎて気に入って下さいましたから良かったですけど！」

「ちゃんと海の底を歩いてもいいかは確認したんだがなぁ」

「海を割るほうを確認すべきなんですよねえ」

やれやれーと、俺の妻である大聖女アリシアが肩をすくめる。

「いやいや、それより問題なのはあの人魚姫、明らかに旦那様を見る目が怪しかったのじゃ。もう一晩泊っていけとしつこかったのじゃー！」

なぜかコレットがプンスカとしていた。

それに対して、魔王リスキスが眉根を寄せて言う。

「っていうか、それを言うのならば、なのだ。そろそろコレットっちが、さっさと決めるところを決めるべきではないかと、この魔王のあてぃしは思うわけ、なのだ！　見てみるのだ！　何人待っているると思ってるのだ!?」

何を言っているのかは不明だが、ともかく、リスキスが目線を投げかけた先には、ラッカライやフェンリル、ローレライ、セラ、ブリギッテといった賢者パーティーの面々がいるとともに、今回魔大陸で帝国へ初期に加盟してくれた、エリス女王に補佐のデュース、そしてミルノー女王がいた。

ちなみに、今いる場所は翼人種が統治する【フリューム王国】で、使用していない地域を少しだけ帝国の直轄地とさせてもらっている。

もともとモンスターが出て剣呑《けんのん》な場所があり、誰も近づけない場所だったのを、俺たち賢者パーティーで一瞬にして掃討したので、まぁ、荒れ地の有効活用のようなものだ。ミルノー女王からは、

「さっすが我が皇帝！　ビバ！　アリアケ皇帝!!　うっひゃあ!!」

と意味不明な反応をもらったが、大丈夫なのか、このフリューム王国……と思わなくもない。

まあ、それはともかく、いちおう直轄地も出来、加盟国も増え、魔大陸南部をそれなりに治めることが出来たので、名実ともに皇帝なのは間違いない。大陸全土にも、加盟国の面々を通して、俺が皇帝として魔大陸を新たに支配することを宣言している。こうした施策は無論、大戦略の一環と

して行っている訳だ。そろそろ釣れるころあいではないだろうか？　そんなことを俺は脳内でシミュレーションしている。

　さて、現実に意識を戻せば侃々諤々《かんかんがくがく》の議論が行われていた。

「あの、お姉様、それにはボクも同意です。ちょっと皇妃とか名乗ってみたいと思っちゃったりなんかしてまして。どうでしょうか、ここは一つ、女子会で順番を再協議してみる、なーんて？　えへへ」

「ぬおおなのじゃ!?　まさかラッカライ《妹》から普通に下克上《げこくじょう》宣言されるとは!?　可愛く微笑んでおるが、女の怖いところがよー出ておる！　成長しておるのじゃ、そっち方面に!!」

「まぁ、そう急くではないぞえ？　コレットにもコレットのペースというものがあろうて。おお、それならば我と一緒ならば怖くはなかろう。一度チャレンジしたことがあるが、あの時は邪魔が入ったゆえなぁ。いや、あるいは我が仮の主と一緒に、というのも良いのではないかのう？」

　そんなフェンリルの言葉に、ローレライが淡々とした様子で言った。

「まったく、さすがに破廉恥《はれんち》過ぎますよ。ですが、仕方ありませんので将来の大教皇の私も見学しましょう。その際にどんなトラブルが起こるかは神のみぞ知る、といったところですから、何が起こっても私の責任は問われないでしょう。ふ」

　セラが肩をすくめた。

「見ましたかオートマタの皆さん。これがエンデンス大陸の恋模様なのです！　セラもファンクラブ会長として出遅れないようにしないといけません」

「なるほど。会長ともあろう重役であっても、それほどの努力が必要だとは。デュースも努力が必要ですね？」

「わ、私はそんなのではない!!　あくまで好意の一種であって……」

「女王としてはね！」

いきなりミルノーが叫ぶように言った。

「あなたたちオートマタ種族があざとい奴らなんだと確信したね！　クーデレにツンデレを一種族で独占するなんて、とんでもない種族だよ!!　ミルノーにもなんか残しておいて欲しかったよ！」

「あなたは……お笑い枠です。誰も座れない席についているので安心してください」

「恋愛から最も遠い席だ、うわん!!」

何の議論か分からないがともかく白熱すること凄まじい。

「大陸の未来を決める以上は、これくらいの活気ある議論になるのは当然だな」

フッと俺は微笑む。

「フッ、じゃないわーい！　っと」

笑顔のままなぜかビシーっと、ツッコミを入れるアリシアであった。なぜだ？

と、そんな議論を交わしていると、連絡兵が駆け込んできた。そして開口一番、急報を告げたのであった。

「た、大変です、アリアケ陛下！　よ、四魔将が！　よ、四魔将が現れました!!」

そう告げる。

今まで議論していた面々の言葉はピタリと止み、全員が俺の指示を待つ姿勢となる。

俺は頷いて言った。

「作戦は成功だ。魚は釣れた。後は調理するのみだ」

その言葉に俺のパーティーメンバーたちはやはり微笑み、出陣の準備を始めたのである。


「グオオオオオオオオオオオオオオオオオオオオン！」

メキメキメキ!!

遠方で大森林の木々をなぎ倒す大軍が進軍してくるのが肉眼でも確認することが出来た。

フリューム王国は北部から東部にかけて森林地帯が多く、アリアケ帝国はその一部を直轄地として譲り受けた形だ。

したがって、いまだ魔大帝レメゲトンに従う北部の勢力からの防波堤にもなっている。

「うむうむ。この地域に旦那様もといアリアケ帝国の直轄地を置くのは大正解なのじゃ。何せ、旦那様が帝国の盾である以上、敗北はありえぬわけじゃしな!!」

「お姉様の言う通りですね、さすが先生です!!」

「はいはーい、そこの方たち。この人はですね、先走りますので、それくらいにしておいてくださいね。たとえそれが事実だとしても！」

「「はーい（なのじゃ）」」

そんなことを言いつつ、森林破壊を繰り広げながら前進してくるモンスターの集団たちへ俺たちは早急に肉薄する。

そして、目の前にはやがてキング・オーガ１００体という大軍勢が現れたのである。

だが、目を引いたのはそのキング・オーガ１００体という驚くべき軍勢の数ではない。

その筆頭に現れたキング・オーガよりもさらに上位種と思われる個体。

すなわち、

「四魔将オーガの王。ギガテスか」

その肌の色は金色であり、他のオーガが赤銅色なのに対して、異彩を放っていた。またキング・オーガ自体も体長は20メートル以上という恐るべき巨軀を誇るが、ギガテスはそれ以上で2倍は優にあった。それに加えて、ほとばしる魔力の禍々しさは、駆け出し冒険者であれば相対しただけで戦意を喪失させ、腰を抜かさせることであろう。

「ひいいいいいいいいいいいいいいい!?　キング・オーガがこんにゃにー!?」

先遣隊として派遣していた勇者ビビアが腰を抜かし、半泣きになって震えていた。

「こんなの勝てる訳ありませんわ。おほほほ、それでは失礼しますわ」

「てめえ、また逃げようってのか!?　あたしを呪いの洞窟で見捨てたみたいによう！」

「まったくプララは恨みがましい奴だな。そのことはもうお互いに筋肉を通して話し合い、解決したではないか！」

「解決しねーよ！　ってか、逃げるならあたしが一番に逃げるからな!!　てめえらはそこで間抜けにも腰抜かしてる勇者の介抱でもしてな!!」

「ダーリンなら大丈夫ですわ。私は信じていますわ」

「ああ、俺も勇者を信頼している。俺たちの支援なしでも最後まで強敵と戦い切る覚悟と力を持った男だ」

「へ、へえ。勇者を見捨てんのか。それも結構乙かもしんねえなぁ、くっくっく」

「て、てめえらぁ!?　それでも仲間かぁ!!」

罵詈《ばり》雑言《ぞうごん》が最前線で飛び交っていた。

「デュース、あなたの採用した勇者パーティーですが、あなたの好みをとやかく言うつもりはありませんが、些か戦士としての資質に欠けるのではないですか？　いえ、あなたの好みをとやかく言うつもりはありませんが」

「言ってるも同然だろうが！　エンデンス大陸の勇者だって言うから採用したんだよ！　ここまで酷いと誰が思う!!」

「俺の師としての指導不足だな。申し訳ないことだ」

「あなたの指導を受けたラッカライ・ケルブルグは見事に大成しているようです。つまり、あなたのせいではない、我がパートナー」

「そうだな。こいつらがヘボいだけだ。っていうかさ、こ、今度でいいから。わ、私の修行にも付き合ってくれよな」

「ほう、どさくさに紛れてよく言ったものです、この部下。ドロボー猫。勅命で排除が必要になる日も近いですね」

「そんときゃあ、国が回らなくなるのを覚悟するんだな」

やれやれ。詳細は分からないが、魔大陸の戦士たちは強くなることへの執念が強いようだな。喧嘩までしなくても良いだろうに。

それはともかく、この大陸を統べる皇帝として俺は先頭に立ち告げた。

「お前が四魔将ギガテスか。ここはこのアリアケ帝国の領地だ。不法侵入として現行犯逮捕する。犯罪者として牢屋に入るといい」

俺はそう告げる。しかし、ギガテスはそれを嗤いながら退けた。

「ぐはははは！　お前が命知らずにも皇帝を僭称《せんしょう》したアリアケ・ミハマか！　嘘とはったりで南部の国々を支配したようだが、それも今日までだ！　魔大帝レメゲトン様の力に蹂躙され、陛下に逆らった愚かさに震えながら死ぬがいい！　ワーッハッハハハ」

その言葉に呼応するように、率いられて来たキング・オーガ100体も一斉に嗤う。

それはまさに地獄絵図。鬼《オーガ》たちが人間を肴《さかな》に楽しむ宴《うたげ》の光景そのものと見えたかもしれない。

だが、

「やれやれ、その魔大帝レメゲトンが無能であることを、お前自身が体現し、証明しているということに気づかないとはな。やはり、無能の部下は無能ということか」

俺は淡々と事実を述べる。

それに対して、ギガテスは激憤する。

「なんだと!?　貴様、言うに事欠いて！」

だが俺は肩をすくめて、思わずフッと嘲笑してしまう。

「まったくお前は周囲の状況が見えていないようだ。そして、そんなお前を大幹部として取り立てている上司であるレメゲトンも無能であることは明白だ。その自明の理に反論できるはずがないだろう」

俺はビシリとギガテスに指を差しながら言う。

「子供を襲うような部下を放置し、支配する国々を恫喝するような無能がお前だ。その自覚もないようだから、この皇帝があえて直接言い渡す。貴様はただの犯罪者に過ぎん、この罪人が。牢屋にて俺の沙汰を待っていろ！」

「貴様〜、俺は魔大帝レメゲトン様の……」

俺はその言葉すら、一言のもとに切って捨てる。

「そんな罪人のお前を大幹部とし、大陸中に迷惑をかける魔大帝レメゲトンとやらは無能のそしりを免れ得ない！　よって、この皇帝アリアケが罷免《ひめん》する」

「なあ!?」

「つまるところ、お前はただの流浪のオーガであり、犯罪者集団の親玉に過ぎん。魔大帝レメゲトンという犯罪者もじきに俺が裁くが、まずは今回、領土侵犯、ならびに数々の余罪を持つお前を現行犯として捕縛する。大人しくしろ、元四魔将、もとい犯罪者ギガテスよ！」

俺の言葉に、犯罪者ギガテスは激高する。

「お、おのれえええええ！　俺のみならず、レメゲトン陛下まで愚弄《ぐろう》するとは！　もはや塵一つ残さぬぞ！　殺す！　殺してやるぞ！　アリアケ・ミハマあああああああああああああああああああああ!!」

俺の正論に対して、元四魔将、犯罪者ギガテスは暴力による解決を選択する。

すなわち、引き連れて来たキング・オーガ１００体に対して攻撃命令を発したのである。

だが、俺は微笑みながら宣告した。

「やはり無能だな。皇帝の階《きざはし》の前にすら、進み出る価値もない」

俺の言葉とともに、賢者パーティーたちの攻撃も開始されたのである。

「行け、我が配下たちよ！　大地ごと奴らを蹂躙せよ！　そして大逆の罪を犯した愚か者たちで屍《し》山血河《ざんけつが》を築くのだ!!」

「「「グオオオオオオオオオオオオオオオオオオオオオオ」」」

四魔将が一人、ギガテスの総攻撃の命令で、まるで赤銅色の山が動くかのように、キング・オーガ100体が動き始める。

その光景は圧巻。

山が脈打ち、明確な殺意を持ちながら、たやすく森の木々をへし折りながら肉薄してくるのだから。

「あひぃ！　もうだめぇ！」

「ダーリン！　気持ち悪いですわよ!?」

勇者パーティーが腰抜けになる気持ちも分からないではない。実力はともかく、やはり精神修養が足りない未熟者だからなぁ。

そんなことを思いつつも、俺も皇帝として指示を出す。

「その言葉は全てお前たちに返ることだと気づかないのか？　今の皇帝は俺であり、既にレメゲトンは俺が罷免したと宣告したはず。ゆえにお前たちこそが大逆の徒であり、屍山血河を築くことになる。自ら極刑を望むか、いや、子供を狙う罪人どもにはお似合いか」

俺はそう理路整然と相手の言葉を論破しつつ、言葉を続ける。

「奴らは数が多いが、訓練された動きではない。海辺の街『バンリエ』でパウリナをすぐに捕まえられなかったのもそのためだ！　それぞれが思い思いに動いていて、軍団と言えるほどの者たちではない。すなわち雑魚だ!!」

アリシアが口を開く。

「だとすると、アリアケさん？　ここで採るべき戦術は何になりますか？」

うん、と俺は頷きながら言う。

「100体、という数字に惑わされる必要はない！　雑魚がいくら群がっても雑魚！　その場合のセオリーは各個撃破となる！　各自のタイミングで一斉に仕掛けて、あえて相手に連携させるな!!」

「最高の戦術ですね、アリアケさん!!」

「わしもそういうの大好き!!」

「ブリギッテお姉さんも良いと思います。単身突撃します！」

「本当に好ましい判断です。集団戦法は私の得手ではありませんので」

「お前は女王なんだから、もう少し得意になってもらわないと困るんだけどな！　でも、私自身はそういうのは嫌いじゃないよ」

あれ？　賢者パーティーの半分ってもしかして脳筋集団……？

え？　いや、まさかなぁ。

そんな若干の疑問が浮かんだが、心の平穏のためにも、深く考えないことにした。

「とはいえ、そのために必要なのはスピードだ。《疾風迅雷》《硬直無視》」

よし。

「これでいつもの10倍は動けるようになった。お前たちの実力ならば一人で10体や20体相手することは容易だ！　さあ」

俺は聖杖キルケオンをかざしながら、迫りくる大軍を差しながら言った。

「奴らを蹂躙せよ」

「「「「おう！」」」」

賢者パーティーたちの威勢の良い声が響くのと同時に、

「ドラゴオオオオオオオオン・カノオオオオオオオオオン!!」

変身していないコレットが体内で集積したマナをブレスへと変換し、それを凝集した一直線のマナ砲として発射する!!

ズドオオオオオオオオオオオオオオオオオオオオオオオン!!

通常のブレスは放射状に広がるが、彼女の行ったのはそれとは真逆の攻撃だった。

凝集された光線がまるで森を両断するかのように切り裂き、一筋の線を森に引く！

その効果は絶大だ。

その熱線上にいた生命体は全て溶解し、もはや溶けて軽い渓谷のようになった地底へと落下する。

「な、なんだ今のは!?　エ、エンデンス大陸のドラゴン如きになぜこれほどの攻撃が出来る!?」

たちまち、四魔将の悲鳴が轟くが、後の祭りだ。

魔大陸のモンスターは確かに強い。

霧のカーテンのせいで内部で熾烈な蠱毒《こどく》のような闘争が行われ、一体一体の個体の強さはエンデンス大陸を超えるかもしれない。

だが、

「自惚《うぬぼ》れたな、四魔将。お前たちが内部で闘争を繰り広げている時、俺たちは宇宙の癌《がん》を退け、外宇宙の神と戦い星を守って来た。俺たちの強さは中にあるのではない。外との戦いによって培ったものだ」

俺は断言する。

「限られた敵としか戦ったことのないお前たちとは、格が違う。さあ降伏し裁判を受けるがいい。一犯罪者としてな」

だが、最後のそんな温情の言葉も、視野狭窄《きょうさく》に陥った四魔将やキング・オーガたちには届かない。

「そんな訳がない。俺たちが最強なのだ！　大陸で最強と謳われし我らオーガこそが!!」

その言葉に俺が皇帝として向けるのは、憐《あわ》れみと同情だ。

「哀れだな、ギガテス。彼我《ひが》の戦力差さえ理解できないほどの矮小《わいしょう》な存在よ。何より、外を知ればそんな言葉は吐けないというのに。無知蒙昧がそれほどお前を愚かにした。そのことには同情の余地がある。だが、子供を襲うお前たちが虫けらの価値しかない雑魚である事実はどうあっても動かしようもない。この皇帝をしても、な。それが最も同情すべきことなのだろうな」

「お、おのれえええええええええええ!!」

悲鳴なのか、それとも恐怖を克服するための絶叫なのか。

ギガテスの雄たけびと共に、再び戦いは再開される。


「コレットちゃんだけに良い恰好をさせてはいられませんね！　ゆえに、ここは肉弾戦しかありません」

「その通りです。ワイズ・ブリギッテ教の神髄をお見せするとしましょう。せめて安らかに逝きなさい!!」

「さっさと権力を手中におさめて、教義変更しよう……」

アリシアとブリギッテが俺のスキルによって風よりも速くキング・オーガの脇をすり抜けながら、敵陣の中央深くへと潜り込む。ローレライは後詰《ごづめ》だ。

一見無謀にも見える行動。

案の定、その光景を見てギガテスは嗤う。

「グハハハハ！　愚かな！　敵陣の中央にたった二人でやって来るとは！　なぶり殺しにしてくれと言わんばかりだ!!」

しかし、その言葉にアリシアとブリギッテ、そしてその後方から追随したローレライは余裕の表情を崩さない。

　なぜならば。

「馬鹿が。すべてが逆だ。現状認識も正確にできない無能な四魔将よ」

「なんだと！」

　ギガテスは激憤するが、数秒後には俺の言葉が正しいことが分かり、その顔を絶望に染める。

「これより大結界を張り、周囲100メートルからキング・オーガおよそ30体を閉じ込めて……」

「私たち三人でなぶり殺しにします！」

「生《い》け簀《す》みたいなものですね。分かります」

「な、なんだとおおおおおおおおおおおおおおおおお!?」

「分かったか？」

　俺は驚愕するギガテスに向かって説明してやる。

「囲まれたのはアリシアたちではない。お前たちが囲まれたのだ。大結界で逃げ場を失ったキング・オーガたちは、その巨軀ゆえに自由に動くことが難しい。一方の彼女らは自由自在にキング・オーガの懐《ふところ》に潜り込み、必殺の一撃をお見舞いするだろう」

「いかん、逃げっ……！」

　もう遅い。

「スキル《広域化》」

「《聖域結界《セイント・オブ・ガーデン》》！」

俺のスキルを受けたアリシアの結界は広域化し、宣言通り、およそ三分の一のキング・オーガをその【生け簀】へと閉じ込める。

「《攻撃力アップ》《オーガ必滅》《クリティカル威力アップ》」

「聖女さん聖・拳・突きいいいいいいいいいいいいいいいいいいい!!」

「現人神キイイイイイイイイイイイイイイイイイイイイックゥゥウウウ!!」

「私は最近発明した魔法銃で地味に射殺していきますねー」

大結界の中は大聖女や現人神、次期大教皇が織り成す地獄となった。

大結界の内側でキング・オーガは吹き飛ばされ、その吹っ飛ばされた肉体が、『ガンガンガンガンガン』と絶え間なく、大結界の内側の壁に打ち付けられて行くのだ。

「ありえない！　ありえない！　最強のオーガがたった三人に蹂躙されるなどと！　我が同胞がこうも簡単にいいいいい!?」

絶望し、狼狽し、絶叫するギガテスであった。

だが、まだまだ終わりではない。

「何をもう絶望している、四魔将ギガテス」

皇帝として俺は宣告する。

「俺たちの戦ってきた相手はもっと強かったぞ。お前が今抱いている感情は甘えでしかない」

「なん……だと……。それが貴様のいるステージだと言うの……か……」

俺の威厳のある言葉に、より一層絶望を深めざるを得ない、四魔将ギガテスなのであった。

だが、先述の通り、まだ戦いは始まったばかり。暴れ足りないのは何も聖女たちだけではない！

賢者パーティーの他のメンバーたちも、この皇帝の指示を受けているのだから。


「コレットが戦意をくじき、アリシアたちが前線で暴れ回ってくれているおかげで、敵の前進が止まったな」

「主様。だとすればこのまま前線を押し上げ、相手を圧迫してやるのが良策だと思うがどうかえ？」

「同感だ。皇帝アリアケに続け。ただしこれは蹂躙などではない」

「では何であろうか」

フェンリルの疑問に俺は答える。

「雑魚の一掃だ。虫けらを相手に蹂躙も何もないのと同じ道理だ」

「ぬはははは！　その通りであるな。では前進しよう。虫けらを踏みつぶして通るぞえ」

俺こと皇帝アリアケが先導する形で、前線を切り上げて行く。

それ自体が相手にとって大いなるプレッシャーであり、俺と言う力と才覚の権化《ごんげ》に圧倒され絶望するに足る事柄であったろう。

「なんかすごーい、アリアケさんが歩くだけで、相手の戦力を低下させるなんて！　ミルノーちゃんもびっくりだよ!!」

「大したことじゃないさ。それに……」

「それに？」

ミルノー女王の感嘆の言葉に、俺は肩をすくめるのみだ。

「雑魚であるがゆえに、彼我の戦力差が読めず、蛮勇を発揮してしまう無能もむしろ多いというものさ」

俺が微笑みを浮かべながら予言したのと同時に、キング・オーガ20体以上が一斉に襲い掛かって来た。

「行け！　あのアリアケさえ倒せば形勢は逆転する!!」

ギガテスの哀れな怒声が響く。

俺がこの戦いの中心であり、全てを支配している。ゆえに、俺の首さえとれば勝機が窺《うかが》える。

なるほど、それは道理だ。

だが。

「それもまた俺の立てた作戦の一つだ。愚かなり。四魔将ギガテス」

「なんだと!?」

俺は淡々と事実のみを突き付ける。真実がもっとも効果的な攻撃であることを、大賢者たる俺は知悉《ちしつ》しているからこそ。

「俺は時間の無駄が嫌いでな。早くのんびりしたいんだ。ゆえに俺を狙いやすいように前進し、お前たちの手の届く範囲にあえて進み出たというわけだ。その意味が分かるか？」

「ま、まさか!?　そんな馬鹿な！　貴様、恐ろしくはないのか!?　自らを囮《おとり》にするなどと!!」

囮？

フッと俺はその言葉に思わず噴き出してしまう。

「何がおかしい!!」

「囮になどなったつもりはない。俺は象徴だ。愚鈍なるレメゲトンや貴様ら犯罪者集団四魔将に鉄槌を下す『正義』と言う名の炎。ゆえに、その火に向かって羽虫たる貴様らが群がり焼き尽くされるようにしたまでのこと。もう一度言おう。囮？　馬鹿を言うな」

俺は宣告する。

「俺に近づいた時、焼き尽くされるのはお前ら虫けらの方だ。自らの程度を正しく知るといい」

「先王のおっしゃる通りです！」

「お前たちが我が主様に少しでも触れられる訳がなかろうてなぁ」

「ファンクラブに入会もしていないのに僭越《せんえつ》ですよ。ええーい!!」

「女王も勢いでキング・オーガ殺《や》っちゃえそう！　よっしゃあああああ!!　今までの恨みぃぃいいぃぃいいいいい」

……一部、今までの恨みつらみを果たそうとしている、翼を生やした女王がいるが……。

とにもかくにも、大陸の『正義』を守らんとする大義を持つ俺へと襲い掛かるキング・オーガたちは、次の瞬間には絶望を知ることになる。いやそんな暇さえなかったであろう。その光景を唖然として見るしかなかった四魔将のみが、絶望する権利を俺から下賜《かし》されたのだ。

「おのれええ！　だがこの数はさばききれまい、そこの槍の女を狙えええええええええええ!!」

だが、
一瞬でラッカライが10体以上のキング・オーガに囲まれて攻撃を受ける。

「聖槍固有スキル!!　カウンター！　《邪龍一閃・壱の型》！」

ブシャアアアアアアアアアアア!!

「「「「ギャアアアアアアアアアアアアア!!」」」」

断末魔を響かせてキング・オーガたちが血しぶきをあげてその場に沈む。

「なんだとおおおおおおおお!?」

ギガテスの悲鳴が轟くが、俺にとっては当然の結果だ。

「壱の型は相手の攻撃を利用するカウンター攻撃。攻撃のタイミングをずらすこともなく一気に集中攻撃をさせることでカウンター攻撃の威力が数十倍に跳ね上がっただけの話だ」

「そ、それすらも計算ずくだとでも!?」

「当然だろう」

俺の答えにギガテスは狼狽を通り越し、絶望して唖然とするしかない。

だが、そんな暇などないのだ。

なぜなら俺が前進するたびに、俺の力の延長たる仲間たちの刃《やいば》がオーガたちを切り裂くのだから。

「変身するまでもないのう。ははははは！　柔らかであるな、貴様らは！」

「グ、グオオオオオオオオオオオオオ!?」

その強靭な爪で相手をみじん切りにしていくフェンリル。目にも留まらぬ速さで、仲間が殺られたことにすら理解が追いつかない愚鈍たるキング・オーガという最強種を蹂躙し尽くしていく。

「ミルノー女王！　私たちはせっかくですから合体魔法な感じで行きましょう！」

「合体魔法!?　それってかっこいい上に目立てるじゃん！　いいね、セラちゃん。それでいこう、それでいこう！　女王、頑張っちゃうよ!!」

「『《トルネード・ブリザード》!!』」

「ガアアアアアアアアアアアアアアアアアアアアアア!?」

俺のスキルの効果もあって、強力な風魔法《トルネード》によって、周囲数十メートルに竜巻が巻き起こり、大地ごと根こそぎキング・オーガを上空数百メートルまで舞い上げる！

それだけならば、あるいはキング・オーガほどの強力なモンスターだ。倒すには至らないかもしれない。

だが、ミルノー女王の氷魔法によって半ば氷結という状態異常効果が発生することで、大地に叩きつけられた瞬間、受け身さえまともにとれないキング・オーガたちは、致死性のダメージをその身にまともに受けることになったのである。

こうして俺が皇帝として前進するだけで、四魔将ギガテスの軍団は更なる絶望の淵へと追いやられることになったのであった。

「わ、我が軍勢が、こうもあっさりと滅ぼされつつあるだと!? あ、ありえぬ! ありえないいいいいいいいいいいいいい!?」

魔将ギガテスの哀れな絶叫が響く。

愚かなことだ、と俺は哀れむ。

なぜなら、将たるギガテスの絶望の声は、当然、部下たちにも伝わり、彼らキング・オーガたちの絶望もまた深まるからだ。

「ウ、ウガ、ウガガガガ!」

その時だ。1体のキング・オーガが背中を見せて走り出したのである。

「ま、待て! 馬鹿な!? 我が最強の軍勢から脱走兵だと!? こ、こんなことがあああああああああ!?」

最強などと謳っていたことが恥ずかしくなるほどの士気の低下だな。

俺はフッと笑う。

もはや四魔将の軍団に当初の面影はなく、ただただ俺の率いる賢者パーティーの力によって、絶望の奈落へとたたき込まれた最弱の軍勢がそこにはあった。

「さて、軍団を率いることすらも失敗した四魔将ギガテス。いや、既に俺が皇帝の座に就き、レメゲトンを廃位させている以上、ただの子供を襲う犯罪者集団だったな。犯罪者ギガテスよ。今ならば皇帝の俺の法にて、お前やレメゲトンらを公正に裁いてやろう。だが、これ以上の犯罪をおかすというのならば、容赦はできない」

「アリアケっち。実際、こいつらのやっていることは、アリアケ帝国の領土を侵す領土侵犯と、その臣民たちの安全を脅《おびや》かす行為なのだ！　ゆえに、そこまで温情をかける必要すら、本来はないのだ！」

魔王リスキスはさすが王としての道理を理解している。その言葉は完全に正しい。だが、一方でこうも思う。

「こいつらが愚かなのは同情すべきことだ。皇帝が余り慈悲深いのもどうかと思うが、こういう犯罪者集団にも更生の機会を与えるのもまた、良い魔大陸社会を作っていく上で必要なことではないかと思ってな」

「さすがアリアケっちなのだ！　そこまで見通してのこととは！　あてぃしなんて、こんな犯罪者どもはさっさと駆除すべきだとしか思わなかったのだ！」

「その考えも正しい。全ては俺の手の平の上にある。だからこそ、この犯罪者ギガテスに選ばせてやることが出来るんだ。この場で領土侵犯、並びに大逆罪をおかした大犯罪者として倒されるか。それとも、ここで素直に謝罪をし、正義を体現しようとしているアリアケ帝国とその象徴たる皇帝に対して頭を下げ、我が法のもと、犯罪者として裁判を受けるかをな」

俺の言葉にエリスとデュースも頷く。

「慈悲深いですね。そういった機微は私には分かりかねますが、ギガテスにはもったいないほどの温情であることは分かります」

「そうだな。犯罪者ギガテス。ほら、時間の無駄だ。お前の軍勢はもう敗走を始めてるじゃないか。お前は四魔将なんて器じゃなかったんだ。単なる虜囚としてこき使われるのがお似合いってもんだ。早く諦めな、それとも、往生際が悪いのが四魔将の条件だったのか？」

帝国の面々からも今降参すれば、公平な取り扱いをすることを約束する温情ある言葉が出た。

しかし。

「うるさい！　うるさい！　調子に乗りおって！　ふ、ふははは！　部下などただの俺の手足に過ぎん！　そんなものがいなくてもこの俺一人で貴様らを蹂躙することなどたやすい！　お前らを倒した暁には、アリアケ皇帝に屈した軟弱な国々の領民どもをことごとく殺してくれるわ！」

やれやれ。

俺は聖杖キルケオンを構えながら宣告する。

「ここにお前の罪は決まった。領土侵犯、王族への殺害を予告する大逆罪、我が帝国の民を苦しめることを良しとする態度、いずれも重犯罪者であることを自ら宣言するものだ。ゆえに」

俺は断言する。

「お前の罪を断罪する。犯罪者ギガテスよ。そしてその雇い主たるレメゲトンにはその責任を取らせ、相応の処分を下すものとする」

俺は道理を滔々《とうとう》と説く。だが、犯罪者によく見られる通り、そうした道理を暴力によって粉砕しようとする！

「黙れ！　俺は犯罪者などではない！　俺は、俺は！　誇り高き四魔将ギガテス様だ！　オーガたちの頂点なのだ！　舐めるなぁ！　人間風情の塵《ごみ》があああああああああああああああああああ!!」

そう叫びながら突撃してくる。

キング・オーガよりもさらに巨大な体はもはや山が動くかのようであり、ギガテス１体でキング・オーガ１００体を凌《しの》ぐと豪語する理由も理解出来た。

しかし。

「だからどうした」

しょせんはその程度だ。俺は鼻を鳴らし、スキルを再び使用する。

《オーガ必滅》

《部位破壊》

「ぐはははははは！　その程度のスキルなど効かぬ!!　我が鋼《はがね》よりも固く、何物にも貫かれぬ無敵の肉体は、お前たちがいかなる強化を施そうとも通じるものではないと知れ!!」

ギガテスの哄笑が響く。

だが、俺は一言でそれを黙らせた。

「慌てるな。これは前置きだ。では命じる。《皇帝勅命》」

「な、何!?　なんだそのスキルは!?　聞いたことがないぞ!!」

狼狽するギガテスと、

「「「す、凄い！　力がっ……!」」」

対照的な仲間たちの感嘆の声が響き渡る。

オーガ必滅も、部位破壊もその名の通りのスキルだ。だが、皇帝勅命は、俺が帝位に就くことによって初めて使用することが出来るようになるスキルで、普通は死にスキルである。

その効果とは『支配下にある者たちの力のランクを強制的に一段階上昇させる』というもの。もちろん、例えばもともとDランク冒険者に使用しても、Cランク冒険者になるだけで大した効果はない。

だが、俺が使用した対象は、エリス・オートマトン女王、女王補佐デュース・オートマトン、そして魔王リスキス・エルゲージメント。すなわち、既にSランク冒険者のクラスを凌駕《りょうが》する規格外たち。

そんな者たちが、一つステージを上がる時、その効果は絶大な物となる！

「皇帝が命じる」

俺は指先一つ動かす必要はない。

「階《きざはし》に迫る不敬な犯罪者を駆除せよ」

その言葉は真言となり、世界の事象として顕現するかの如く仲間たちに力が集中する!!

「魔王の力をぉぉおおおおおおおおおおおおおおおおおおお！」

まずリスキスが突っ込む！

「舐めるのではないのだああああああああああああああああ！」

ドオオオオオオオオオオオオオオオオオオオン!!

部位破壊どころか、身体をねじり切る一撃が、犯罪者ギガテスへと炸裂する!!

「んぎいいいいいいいいいいいいいいいいいい!?　馬鹿なななあああああああああああああああああああああ!?」

絶叫を上げながら、ギガテスの上半身がもんどりうって大地を無様に転がっていく。

それに巻き込まれて、踏みつぶされるキング・オーガたちも哀れな悲鳴を上げた。

だが、さすがギガテスはそれだけでは倒せない。

一瞬離れたと思った胴体が、瞬く間に再生を始めたのだ。

「ぐ、ぐはははは！　まさかこの秘技を見せることになるとはな！　俺が無敵だと言ったのはこのことだ！　強靭な肉体だけでなく、即再生もする！　俺が殺されることはありえぬということだ、どうだ!!」

その言葉を俺は道化《どうけ》の戯言《たわごと》のように笑って聞く。

「よくその頭で仮にも四魔将を名乗っていたものだなぁ」

俺は呆れる。

「なんだと!?」

「やれやれ、自分の言っている矛盾点にも気づかないのか？　お前はさっきまで、自分の肉体を誇り、傷一つ付かない、と言っていたんだぞ？　それが今はどうだ？　その肉体は魔王リスキスに簡単に部位破壊されるほど脆弱なもので、なんとか切り札の自己再生でしのいでいる始末だ。【追い詰められている】としか見えないんだが？」

「なぁ!?」

「それにな」

俺はフッと笑う。天を指さした。そこには2体のオートマタが既に準備を完了させようとしていたのである。

「第1種兵装兵器【E・テネリタ】発射準備完了」

「第1種兵装兵器【D・スキュラ】発射準備完了」

「い、いつの間に……」

俺は淡々と説明する。強者としてのせめてもの慈悲として。

「自己再生の可能性など最初から想定している。俺は皇帝の前に賢者でな。あらゆることを想定できなければそう名乗る資格はない」

ゆえに。

「こうなることが事前に分かっていたということだ。だから驚くには値しない。さらばだ、犯罪者ギガテスよ。その罪は現世で償うべきだったが、お前が最後までそれを良しとしなかった。せいぜい地獄にてその罪を断罪されることだ」

「お、おのれええええええええええええええええええええええええええええええええええ!!」

ギガテスの絶叫が耳朶を打つが、既に勅命は下っている。

「撃て」

「『アルビトリオム《御意》』」

「あ、アアアアアアアアアアアアアアアアアアアアアアアアアアアアアアアアアア……!!」

青と赤の美しい熱線が2体のオートマタから放出された。

それは自己再生したギガテスを再び飲み込み、今度こそ完全に塵一つ残さず消滅させる。

「犯罪者の駆除を完了しました」

「キング・オーガどもも逃げて行きます。どうしますか？」

「掃討戦に移行する。周囲の国に逃げ込む恐れがある。一掃してくれ」

『了解!!』

賢者パーティーたちの威勢の良い声が戦場に轟いたのであった。

こうして、四魔将ギガテスの討伐は、蹂躙という形で幕を閉じたのである。


「旦那。四魔将を楽々と葬ったニュースが魔大陸中に広がっているようです。アリアケ帝国に加盟したいっていう国々から次々に書面が来ていますぜ」

諜報担当のバシュータが連絡をくれる。

「ああ、これで名実ともに、俺が魔大陸の覇権を握っている状態になったな。少なくとも四魔将があの体《てい》たらくだったんだ。もはやレメゲトンの権威とやらは地に堕ちただろう」

「まさかこんなに急速に自分たちの牙城が崩れるとは思っていなかったでしょうなぁ」

「力で統治していたのが仇《あだ》になったな。力や知恵、経験も俺が上だ。もしも徳による統治をしていれば、また違った道もあっただろうが、無能が力で押さえつけていただけならば、そのはるか上位に存在する者が現れれば、即座に覇者から落伍し、ただのチンピラに成り下がってしまうというわけだ」

「ですな。それでどうしやす？　やっこさんが焦っているのは明白です。奴はジリ貧ですから残された道は、焦燥にかられながら攻めてくるしかありやせん。わざわざこちらが攻め立てなくとも、自ら自滅しに来るでしょうな」

「本来ならそうだ。だが圧倒的な力と知恵を持つこちら側が圧倒してしまうのが一番被害が少ないと思う。それに、今回俺が柄にもなく皇帝などになって大陸を成り行きで統一したのは、無能大帝レメゲトンのせいで迷惑をこうむっている人々を助けるためもあるが、パウリナの救出をすることや魔大陸の謎を解明することも目的だ。……それで、パウリナの居場所は判明したんだろう？」

「ええ、旦那」

バシュータは頷いて言った。

無能なる落伍者レメゲトンは、どうやらいくつかの拠点を持っているようだが、そのうちの一つ【ノヴァリス基地】に滞在しているようだ。そして、そこにパウリナを軟禁している。

「パウリナを傷つけるつもりはないことは、最初に無傷で捕獲しようとしていたことからも判明していたからな。キング・オーガ10体に追いかけられて無傷だったのは、そういう指示だったからだ。ゆえに、むしろレメゲトンの傍にいさせることを皇帝たる俺が許可していたが、もういいだろう」

俺は微笑む。バシュータも頷いて言った。

「ええ、旦那。大陸の覇者から落伍者に零落した輩だ。何をするか分かりやせん」

「その通りだ」

俺は立ち上がってバシュータに指示を出した。その指示は賢者パーティーとオマケの勇者パーティーたちに伝わるのだ。

「これより3時間後！　落伍者レメゲトンのいるノヴァリス基地を奇襲してパウリナを救出する！　無能ゆえに何をするか分からん！　ゆえに奇襲とし、ことは迅速に達成するように伝えろ!!」

「了解です!!」

「あと、いちおう降伏勧告もしてやろう。まぁ現実を受け入れられるとは思えないから、拒絶した瞬間に奇襲するということになろうがな」

「ただただ地団太を踏んで悔しがるだけのような気がしやすね」

バシュータは苦笑しつつも、深く頷いたのだった。

～レメゲトン視点～

「ぐがあああああああああああああ!!　なんだ、この書面はぁああああああああああああああああ！」

俺はその届いた書面をビリビリに破き、地面にたたきつけた後に、足で踏みにじった。

それでも、一度怒髪天《どはつ》を衝くほどに立ち上った怒りの炎は鎮静化しない。

むしろ、ますます奴への。

そう。

「アリアケえええええええええ！　舐めやがってえええええええええええええ!!」

この魔大帝レメゲトン様へ極大の屈辱を与えたアリアケ・ミハマへの憎しみが膨らみ続けるばかりであった。

「お、落ち着いて下さいませ、レメゲトン様……」

「これが落ち着いていられるか！　くそ！　くそ！　この俺が治めて来た魔大陸で、こんな短期間のうちに寝返る国が続出するなんて!!」

「やはり、四魔将ギガテス様が余りにもあっけなく敗北したことの影響は大きく……」

「あの役立たずがぁぁぁあああああああああああ」

奴が敗北するまでは、南部の国力の弱い地域が寄せ集まっただけの、自称アリアケ帝国に過ぎなかった。

「俺も鼻で嗤っていたのだ。なのにっ……！」

皇帝を僭称する不敬者を排除する。

ただ、その程度の任務だから失敗するはずがない。

そう思って送り出した南部地帯の統括者である四魔将ギガテスが手も足も出ず敗北したのだ!!

その噂は瞬く間に魔大陸全土に広がった。

同時に、アリアケが新しい魔大陸の皇帝として統治するという噂も駆け巡る。

更にだ。

「この俺が魔大帝ではなく、無能な落伍者レメゲトンなどと世間では吹聴される始末だ!!」

俺を嘲笑う国民の声が、俺の耳にさえ届くようになった。

そして、今日届いた書面は、そんな今の俺の逆鱗《げきりん》に触れるものだったのである。

『元魔大帝であるレメゲトンよ。皇帝アリアケより命令する。お前はその無能さゆえに統治すらまともに出来ず民を虐げ信頼を失い、彼らと皇帝たる俺によってその身分を剝奪され罷免された落伍者である。ゆえにお前は既に何ら権力を持たない武装した犯罪者だ。今すぐ武装を解除し、皇帝アリアケに降伏して投降するとともに、これまでの罪を償うこと。なお従わない場合は法に従い、犯罪者レメゲトンには更なる厳罰を科す旨、皇帝として申し渡す』

「何度思い返しても忌々《いまいま》しい！　この俺を落伍者だと!?　犯罪者だとおおおおおおおおおおお!!」

俺は地団太を踏む。この千年、魔大陸を支配してきてこれほどの屈辱を味わったことはない!!

「そ、それでどうなさるのですか？」

部下が言う。俺は血走った眼で吐き捨てるように叫んだ。

「こんな降伏勧告に従う訳がないだろう！　絶対に許さん！　八つ裂きにしてやるぞ、アリアケ・ミハマぁああああああああああああああ!!」

俺がそう宣言した瞬間である。

『ドゴオオオオオオオオオオオオオオオオオオオオン!!』

「ぬああああああああああ!!　何事だ!?」

突如基地全体が大きく揺れたのである。

そして、

「た、大変でございます！」

別の兵士が慌てて駆け込んできた。そして、

「な、何者かがこの基地へ襲撃をかけております!!」

「な、なんだとおおおおおおおおおおおお!!」

俺の絶叫が再び基地の中へ轟いたのであった。

5、パウリナ奪還

「コレットに騎乗するのも久しぶりな気がするなぁ」

「時々忘れられているようじゃが、旦那様はわしの唯一の乗り手であり、竜騎士なのじゃ！　そこんところよろしく!!」

「アピールを忘れぬのは大事よなぁ」

俺たち賢者パーティーたちは、レメゲトンがいるノヴァリス基地へ空と陸、両面から奇襲をかけていた。

空中は俺とコレット、そしてエリスやデュースの分担だ。

「ふむ、ではパウリナがいないだろう箇所をまずは破壊するとしよう。やれ、コレット。スキル《決戦》付与」

「了解なのじゃ、我が竜騎士様！　行くぞ！　焔よ立て《ラス・ヒューリ》!!」

黄金竜から放たれる一撃は、圧倒的な火力によって基地の壁を根こそぎこの世から消滅させる。

「にょわはははは！　地上から進行する仲間たちを阻むものはこれでなくなるのじゃ！」

「エリス女王。エンデンス大陸の戦士というのは全員がこんなハチャメチャなのか？　魔大陸の方が強いとずっと言われてきていたはずだが……」

「デュース、この者たちは例外中の例外です。とりあえずデータ上は外れ値にしておきなさい。我々がバグります」

「な、なるほど」

そんな会話を隣を飛行する二人のオートマタがしているが、俺は逆に警戒するよう声をかけた。

「いや、よく見てみろ。あの基地。どこか変だ」

「「え？」」

俺の言葉に三人が基地へ注意を向けた瞬間、それは起こった。

「緊急下降だ、コレット！」

「ぬお!!　了解なのじゃー!!」

その瞬間、基地へ甚大な被害を与えたコレットに向かって、基地から有機的な帯状の物体が攻撃を仕掛けて来た。音速を超えるそれをコレットは躱《かわ》す。

だが、

「一撃ではなさそうだな」

「１００は来ていますね。迎撃します」

「さきほど躱したものも、反転して向かってきているぞ！」

エリスとデュースが状況を口にする。

「全部なぎはらうのじゃ！　しかし、これは一体なんなのじゃ!?　どうしてただの基地が、こんな見たこともない迎撃システムを搭載しておるのじゃ!?　旦那様は知っておるのじゃ!?」

コレットの言葉に、俺は肩をすくめる。

「さあな。まぁ、気になることはあるが」

「ほう、それは何ですか、我がパートナー、アリアケ皇帝？」

俺は淡々と言葉を続けた。

「スキル《鑑定》によれば、あの基地からの攻撃の物体は、お前たちオートマタ種族の構成素材と同質のもののようだ」

その言葉に、エリスは相変わらずだが、表情豊かなデュースは驚いた表情を浮かべたのであった。

～パウリナ視点～

「くう！　胸が苦しい！　どうやら私はここまでのようね。願わくは、収穫したてのお芋でじゃがバターを作りたかった……。それで、アリアケ様に食べてもらって、その後は、ぐへへ」

突然基地が揺れた。その瞬間、胸の火傷のあとが赤く光り出したのだ。痛くはないものの、何かが自分の体内を駆け巡っているような違和感で、呼吸が乱れる。

「パウリナ！　ここから出よ！　敵からの奇襲だ！　お前を飛空艇へ連れて行く!!」

「レメゲトン！　い、今の独り言聞いてましたか!?　聞かれてたら、し、死ぬしか……」

「ええい、貴様のくだらん妄想などどうでも良いわ！　それに、抵抗しても無駄だ！　お前にはまだ役に立ってもらうことがあるのだからな!!　いいから来い!!」

「ひいいいいいいいい！　いいんですか、いいんですか!?　高い所に連れて行ったら高所恐怖症だから、心臓が止まる恐れがありますよ!?　ふ、ふへへへへ」

「ふざけた女だ、いいから来い！　もはや時間がない!!　本当は秘密を聞き出してから計画を実行する手はずだったが、急がねばならぬ、あの僭帝《せんてい》アリアケが迫ってきているからな!!」

「そ、それってまさか私を助けに!?　す、すごい、まるでお姫様みたい！　これは私の人生で一番輝いている瞬間かも！　へ、へへへ」

「くそ！　話してるだけ時間の……」

無駄と言いたかったのだろうレメゲトンが、私の腕を力ずくで引っ張ろうとしたその時だ。

軟禁されている部屋の壁から、帯状の物体が突如生えると、レメゲトンを突き刺すように伸びたのである。

「ぐげ!?　く、くそ！　この馬鹿システムが。俺とこいつは同等だと言うのに、あくまで攻撃されたら自動防御するだけのシステムになっているのか！　出来損ないの防衛システムめがぁ!!」

「？？？？？？？？？？」

レメゲトンは憎々し気に悪態をつく。

その帯状の攻撃は一瞬の隙を作るのに十分だった。

自分にこれほどの行動力があったとは信じられない。

いや、逆か！

「私って今、めちゃくちゃテンパってるだけですなー！」

「なにぃ!?」

レメゲトンが焦りから目を見開いているのがちらりと見えたが、すぐに視界から消えた。

「アーイ、キャーン、フラーイ！！！！！！！！！！！！！！！！」

5階建ての基地の窓から私は思いっきり飛び降りたからである。

軟禁状態なので、窓くらいあるのだ！

「なぜ飛んでしまった、私ぃいいいいいいいいいいいいいいいい!!」

答えはもちろん、勢いに任せて飛んでしまっただけだ。

しかし、

『ブワリ!!』

ひと際大きな帯が、基地の壁から突き出されたかと思うと、私の体を空中で包帯のごとく、ぐるぐる巻きにしたのである。

そして、地上ではなく、基地の屋上へと放り投げたのだった。

「えっと、でも、もっとやり方があるような……」

もっとそっと置いてくれてもいいのでは？

今、完全に放り投げられたんですけど。

「いや、いいんですけどね。私みたいなクラゲ女は、ぺッてされるくらいがちょうど、ね」

屋上で、フフフと昏《くら》い笑みを浮かべていたが、その場所のおかげで周囲の状況をよく見渡すことが出来た。

空中にはドラゴン！

「はわわわわ!?」

腰を抜かした。

そして、そのドラゴンにまたがっているのは、将来婚活しようと思っている相手であるアリアケ様！

「ほえええええ!?　ど、どうしてそんなところにいるのですか。なるほど夢か」

現実逃避を完了してから、地上を見下ろす。

そこには、見知らぬ方々も大勢いるものの、ラッカライさんやブリギッテさんたちもいた。

「でも、私を助けに来てくれる訳はないから、どういうことだろう……」

まず一番少ない可能性を排除してから思考を開始する。

『カッ！！！！！！』

胸の光は更に強さを増す。まるでこの基地の躍動に呼応しているかのようだ。

そして、その強い赤い光は、アリアケ様たちにも届いたらしい。

「パウリナ、そこにいたか。自分で逃げ出して屋上で待っているとはさすがだな。俺たちを信じて待っていてくれたというわけか」

スキルの一つだろうか？

彼の声は私に届いた。

「は、はい。え、ええ。そんなところです。へ、へへへ」

嘘も方便です。

「逃がさんぞ、パウリナ！」

ダン!!

大きな音を立てて扉が開かれる。

レメゲトンが大勢の部下を連れて追ってきたのだ。

「イシス・イミセリノス・アーク《女神の方舟》の鍵《アクセス・キー》であるお前を逃がすわけにはいかん!!」

「!?」

私は息をのむ。

レメゲトンの言葉に。

なぜなら。

「す、すみません。なんて言ったか、もう一度お願いできますか？　すごく大事なワードを言ってくれたのに、難しすぎて聞き漏らしちゃって、へへへ……」

「うるさい！　お前といると調子が狂う！　それでも女神より役割を与えられた一族の末裔か！」

「女神？　末裔？」

私は首をかしげる。

「そんなことすらもお前たちは忘れたか！　もういい！　俺は千年間、その役割のために備えて来た！　お前は俺の言うことを聞いていればっ……」

と、そうレメゲトンが叫んでいた時である。

「巧妙な時間稼ぎだったな、パウリナ」

私の頭をわしづかみにするドラゴンの足が頭上にはあった。

と、同時に、私のアリアケ様の声が優し気に頭上から降ってくる。

「首がもげます～！　人質救出は丁寧にするのが習わしですよ～!?」

「そうだな。《防御力アップ》。よし」

「よし、じゃありませんよ！　お慈悲を！　お慈悲を！」

「くそ！　しまった！　まんまと時間を稼がれてしまったか！　許さんぞ、アリアケ・ミハマ！

そしてパウリナぁああああああ!!」

屋上のレメゲトンが悔しさに咽《むせ》びながら絶叫していた。

帯状の攻撃は既に停止していた。

胸の赤い光も停止する。

「イシス・イミセリノス・アークか。なるほどな」

そんな混乱のさなかだというのに、アリアケ様は落ち着いた様子で、何かを呟いているのだった。

「ふへへ、死んだ。死んだ。生きてる可能性を信じるなんて馬鹿のすることなんだ。ふへへ」

「ちょっとアリアケさん、さすがに『頭をわしづかみby神竜』はやりすぎですよ！」

「うーん、今から思えばそうだな。だが、なんとなくパウリナならOKのような気がしてな。なぁ、コレット」

「うむ！　不思議なのじゃ。わしは粗忽者《そこつもの》であることを否定はせんが、あんな仕打ちをするタイプではないのじゃが……」

救出にはまんまと成功したものの、思ったよりも乱暴な救出劇になったことが自分たちでも不思議だった。そんなわけで、アリアケ帝国の会議室ではちょっとした反省会が繰り広げられていたのだった。

会議室には関係者一同が勢ぞろいしている。ちなみに勇者パーティーも。

「これは新しいタイプの女性かもしれませんね。今のうちに排除しましょう。大丈夫です、権力を使いますから」

　ローレライが微笑を浮かべながら言った。

「この娘、母親《リズレット》に似て来たのう」

「は!?　知らぬ間に!?　私はおっとり天然少女だったはず!?　いつからこんなことに!?」

「勇者パーティーで一皮むけたんだろうさ」

　俺はそう言ってフッと微笑む。

　一方、デュースは半眼になりながら言う。

「経緯は知らんが、むしろやさぐれたのでは？」

「よくぞ言ってくれました、デュースさん！　ツッコミ不在の恐怖を感じていたので、頼もしい味方が増えて聖女さん感激です！」

「そ、そうですか、マダム（あなたも相当なものですとは言えない……）」

「それより、これからどうするのですか、我がパートナー、アリアケ皇帝。ついでにミルノー女王よ。今後の方針について決定する必要があると進言します」

　エリスが本題へと進める。

「そもそもどうして、あのレメゲトンはパウリナさんをさらったりしたのでしょう？」

　アリシアが言う。

「確かにそうですね。なかなか居場所を突き止められませんでしたから、相当注意を払って居場所を秘匿していたようでした。何か特別な意味があるとしか思えませんよ、先生！」

「じゃな。旦那様の《念話》スキルで聞いたところによれば、あのレメゲトンはパウリナのことをなんかめっちゃ長い名前で呼んでおったのじゃ。じゃが、忘れた！　すまんな！」

コレットがてへぺろという表情で言った。

「あ、私は覚えてます！　覚えてますとも！　王様への不敬罪で極刑にならないように、重要そうな単語を必死で思い出してたんです!!」

「その初対面の時の設定はまだ続いてたのか……。まぁいい。俺も覚えてはいるが、説明してくれるか？」

「はい！　極刑にされないなら、何でも話しますとも!!」

「俺ってそんなに極悪非道な人格に見えるかなぁ？」

何だか自信がなくなってきたぞ？

「ったりめーだボケ！　てめえは人の気持ちを理解できないゴミカス野郎だ！　いっぺん死んで来いオラァ!!」

「おっと、不出来な弟子の反抗期か。ふふ、ヨチヨチ歩きだったビビアも人間だったわけだ。人とは成長するものだ」

ビビアの言葉に俺は微笑んで返す。

「あんた、そういうところよ……」

「一度筋肉で思い知らせてやりたいものだ……」

「何億回でも私の炎で泣かせてやりてえ……」

勇者パーティーたちが何か言っているようだが、今はパウリナの言葉を聞くのが先だ。賢者は優先順位を間違えたりはしない。

「で、どうなんだ、パウリナ」

「は、はい、皇帝陛下。レメゲトンは私のことをイシス・イミセリノス・アーク《女神の方舟》の鍵《アクセス・キー》と言いました！　あと『女神より役割を与えられた一族の末裔』とも言ってました！　同等の存在だとも。って、え!?　クラゲが末裔で同等！　ええ!?　どういうことなんでしょうか!?　レメゲトンはクラゲと同等の存在なんですか!?　混乱してきました！　とりま芋をふかして食べていいですか!!」

「まぁ、自分の言葉でいきなりテンパり始めるのはよせ」

「へ、へへへ、了解です」

「うおおおい！　こいつのこの卑屈な態度どうにかなんねーのかよ！　ぶん殴りたくなるんだが!?」

ビビアが叫ぶ。

「そうだよ！　そんなに卑屈になって、色々考えてたら頭が痛くなるでしょ！　リラックスして何も考えないのが一番だよ！　私みたいにね！」

「ミルノー！　てめえは女王なんだからちっとは考えねえか!?」

「いやぁ、魔大陸に来て良かったじゃん。ツッコミに回る勇者とか珍しすぎてくっそ笑える！」

「話は進まんがな。筋肉も退屈しているぞ？」

「はぁ。じゃあ、とりあえず、ダーリンのことは置いといて。方舟《はこぶね》って言うと舟よねぇ。イシスって言ったら、あの星神ね。で、その星神イシスが鍵の役割を与えている一族の末裔ってわけね。うん、意味不明」

デリアが総括してくれたので、発言を引き継ぐことにする。

「そういうことだな。舟ということなのだから、乗員がいるはずだ。それは誰か、というのがまず第一の疑問。そして、舟は海を渡る乗り物だ。どこからどこへ、誰を運ぶ？　仮に舟を起動させる鍵がパウリナだとして、ではその舟はどこにあるのか。そしてレメゲトンが同等と言ったのならば、もしかすると、奴も舟の鍵なのかもしれん。だとすればなぜ、２つ鍵があるのか、だな」

「素晴らしい推理力だとお姉さんは思いますが、結局分からないことが多すぎますねぇ」

ブリギッテが首をかしげるが、俺は微笑みながら首を横に振る。

「そうでもないさ。もう一つ忘れていることがある。ラッカライ、ブリギッテ、そしてエリスにパウリナ。お前たちは俺とその経験をしている」

その言葉に、４人は声を揃えて言った。

「「「「時空転移」」」」

そう。

「あの時。女神イシスは魔大陸出身のエリスとパウリナだけは認識できなかった。そして、更に言えば、魔大陸の存在を女神イシスはずっと隠し続けていた。霧のカーテンと呼ぶ存在がそれだ。魔力が一定以上の存在は通れない。それはまるで、魔大陸を『標本』として保管しようとしていたかのように見える」

「なるほど、標本ですか、アー君。だとすれば、舟の目的も何となく見えてきます」

アリシアはさすがに勘が鋭い。

「はぁ～!?　なにわけわかんねえこと言ってんだ！　どうでもいいからレメゲトンをぶっ飛ばしてエンデンス大陸に帰ってチヤホヤされようぜ!!」

ビビアは相変わらず馬鹿だが、そこが味だなと思う。

「あるいは」

彼のことは無視して話を続けた。

「女神イシスは魔大陸の存在を知らないのかもしれないな」

「そんなわけねーだろうが！　自分の星のことを知らないわけねー!!」

「この雑魚勇者うるさいのだ！　もう一度魔王対勇者をしてきたくなったのだ！」

「ひ、ひいいいいいいいいい!?　す、すいましぇん!!」

ふむ、と俺はそんな彼らの様子を横目にしながら頷く。

勇者ビビアの指摘はまったく正しかった。

そして、だからこそ誤りだな、と俺はその時直感的に感じたのである。

「さて、それで現状のレメゲトンだがどんな感じだ？」

状況を整理し終わったものと見て、俺が次の話題に移る。

諜報担当のバシュータとセラが答えた。

「飛空艇という特殊な空を飛ぶ船に乗り飛び去りました。どこに行ったかまでは確認できていやせん」

「ほとんどの戦力を集結させて発進したようです」

「なるほど、恐らくアーティファクトなのだろうな。今の技術ではすぐに再現は不可能そうだ。とすれば、俺たちも別の手段で空を泳ぐ必要がありそうだな」

「でもアリアケ様、私たちには飛空艇はありませんよ？　コレット様も大人数を乗せるのは反対では？」

「そうじゃなぁ。ビビアとかに乗られるくらいなら、ドラゴンの権能を破棄するのじゃ！」

「んだとこのドラゴン娘め！」

「ほう、わしのブレスがご所望か？」

「おほほほ！　ダーリンったら大事な時期なんだから、ちょっとは控えなさいよ!!」

「あいたー！」

ガルルルと犬歯をむき出しにして威嚇するビビアが小突く。

一方の俺はあっさりと代案を提案する。

「別に飛空艇でなくてもいいだろう。アリシア、お前たちが乗って来た大型船があるんじゃないのか？」

その言葉にアリシアはすぐにピンと来たようだ。手を打って頷いた。

「ありますとも。しかも、軍船ですから大砲とかも備わってますよ～！」

ふむ、ならばだ。

「移動しよう。【フリューム王国】の南の港湾に軍船をつけてくれ」

「どうするつもりでしょう、我がパートナー。私の背中に乗って戦うというグッドアイデアを提案しようと思っていたのに」

心傲《な》しか残念そうなエリスの声が響くが、それでは俺しか戦えない。

エリスの問いに俺は答えた。

「なに、海を割って自由に疾駆したように、今度は重力を無視して自由を得るというだけの話だ」

あっさりとした言葉とは裏腹に、その規格外の発想に、仲間たちは目を点にするのだった。

「我の主はすごいのう。さすが我の主だのう」

「お姉様の私の主様アピールもなかなか激しいですね。でもさすが先生です！　飛空艇がないならばと、軍船をご自分のスキルで飛空艇にしてしまうんですから!!」

「うわーい！　風がきもちいいいいいいいいいい!!　さっすがアリアケ皇帝だよお！　うわー、このままダイブしたら気持ちよさそうだと思う女王なのでしたああああああ!!」

「ひぃいいいいいいい!!　たけぇぇぇぇぇぇぇぇぇぇぇぇぇぇ！　こぇぇぇぇぇぇぇぇぇぇぇぇぇぇ！　アリアケぇぇぇぇぇぇぇぇぇぇ!!　何とかしやがれぇぇぇぇぇぇぇぇぇぇぇぇぇ!!」

「そ、そうだぞ！　筋肉が震えている！　これは筋肉に悪い!!」

「ゲラゲラゲラ！　うちの男どもってマジ嗤えるぅ！　高いところが苦手で震えてやんの！　あー、うけるぅ！」

「ダーリンにはエチケット袋を用意しておいた方が良さそうねえ」

「はいはい、用意してますよ。勇者様とエルガー様用には10枚ずつ渡しておきますね」

「さすが気が利くわね、ローレライ。ね、ねえ。ちょっとだけでも勇者パーティーに戻ってこない～？」

「おっと、風が強くて聞こえませんでした。ではでは失礼をば！」

「絶対聞こえてるでしょうが！」

賢者パーティー、勇者パーティーの面々が口々に、即席の飛空艇の感想を呟いたり叫んだりしていた。

「さすが旦那様なのじゃ！　これで追跡もばっちりなのじゃ！　ってか、こんなこと出来るのは旦

那様だけなのじゃ!!」

「スキルをうまく使えば誰にだって出来るさ」

「できませんよー？　そのあたりの認識不足がまだまだですねー、アー君はー」

「むむ？」

笑顔で否定されてしまう俺であった。

「ところでアリアケっち。この飛空艇の名称はどうするのだ？　やはりこういうのには名前がいると思うのだ！」

「確かに士気を上げるためにも名前は大事だな。そうだなぁ……。【鮮血の太陽《クリムゾンサン》】というのはどうかな？」

かっこつけすぎか？

そう思って別の名称にしようかと思ったが、

「か、かっこいいです、さすが陛下！　はっ、しまった！　勝手に発言してしまった！　これはあれですかね、ここから飛び降りないとだめですかね!?」

「お前が鮮血を降らせてどうする」

俺はパウリナへ苦笑しながら言う。

「あてぃしも良いと思うのだ！　特にあてぃしの特技たる血《ブラッド》が仄《ほの》めかされている感じ、魔王的にはテンションぶち上げなのだ!!　それにしても楽々と船を浮かせたり、あてぃしのアリアケっちはさすがなのだー」

どうやら魔王リスキス的にも満足らしい。ご機嫌そうなので、これで行くか。

それはそれとして。

「行先は分かるか、エリス、デュース？」

俺の言葉に二人は頷いた。

「パウリナから放出された赤い魔力は特殊なもののようです。レメゲトンはそれに触れていますから、その残滓《ざんし》をたどることでおよその方角は探知可能になりました。しかし、急がなければその魔力残滓も消失していたでしょうが」

「ふん、アリアケ皇帝の迅速というか、規格外の力があってこその追跡劇ということだな。べ、別に褒めてないからな」

「ははは、分かっているさ」

俺は笑うが、なぜかデュースは不服そうであった。なぜだ？

「やれやれ。で、アー君。今回奴らを追いかける理由を改めて確認させてもらってもいいですか？」

「そうだな」

俺は乗員たちを前にして、今回の作戦について語る。

「レメゲトンが行動を開始したのは霧のカーテンが消失したタイミングと一致している。同時に、自分と同じ鍵であるパウリナをさらうことで、奴なりに必要な情報や条件がそろったのだろう。ゆえに、全軍でどこかへ移動を開始した。そこが今回の決戦の地であり、そしてこの魔大陸にまつわる謎を解き明かす答えが眠る場所だろう」

俺は淡々と事実を語る。

「まさかこんな軍船を浮かべて追いかけてくるとは思っていないのじゃ！　追いつかれたらビビッてションベンちびるんじゃないかと思うのじゃ！　ビビアが神代でやったみたいに！」

「な、なぜそれを知っていやがるぅ!?」

確かプララが言いふらしていた気がするが黙っておこう。

「ふ、そうだな。少なくとも犯罪者レメゲトンにそうした役割を任せるのは利口なやり方ではない。奴の居場所は本来牢屋だからな。俺や俺の帝国の重鎮らが赴き、犯罪者レメゲトンを逮捕したのちに、かの地でしかるべき判断を下すのがこの魔大陸、ひいては世界や星にとって良いことだろう」

俺の言葉に皆が頷く。

「行くぞ、みんな。決戦の地へ」

俺の言葉に、全員の士気がこれ以上ないほど高まるのであった。

空には大きな雲が漂っており、その雲の上を飛空艇クリムゾンサンは疾駆する。

相当の速さで飛翔しているが、先行したレメゲトンたちの船にはまだ追いついてはいない。

「はんっ！　発進してからもう3日もたつってのによぉ！　ま、ヘボアリアケの浮かしたノロマな船じゃあ、追いつくのにも時間がかかるってもんだぁ!!」

「たびたび吹っ飛ばされそうになっておるのに、よくそんな大言壮語《たいげんそうご》がはけるものよなぁ。そのあたりだけは神代から変わっておらんのう、お前は」

「はっ！　俺は本当のことを言ったまでウワアアアアアア!!」

ドゴオオオオオオオオオオオオ！！！

大きな衝撃音と共にクリムゾンサンが大きく揺さぶられ、勇者ビビアは見事に吹っ飛ばされて行った。

「惜しい輩をなくしたの。だが前を向いて生きていくのが我ら生ある者の務めであるぞえ」

「こらこら、勝手に殺してやるな。今のもアリシアの大結界が攻撃を防いだだけだ。むしろ、先手を取らせて出方を見ると言う意味で戦略通りだろうに」

「であったかの」

とぼけるフェンリルに苦笑しながら、俺はアリシアや他のメンバーに呼びかける。ちなみに、ビビアは大結界にひっかかって助かっている。

「蜘蛛に捕らわれた獲物のようにもがいてうける！　ぎゃははは！　ま、どーでもいっか。アリアケ！　二時の方向に船影！　雲の中に隠れての魔法攻撃だね、うざい!!」

プララが嘲笑しながら、一方で正確な報告を上げるという器用な真似をする。

「先生、こちらでも発見しました！　敵影多数！」

「こっちも敵影を確認。四魔将が1体、個体名ウロボロスです。他多数のドラゴンを従えて接近してきます」

エリスの報告で四魔将の名が判明する。

ウロボロスは遠くからでも分かるほど長大な蛇そのもので、泳ぐように空を飛んでいる。いちおう羽はあるが強力な魔力によって飛翔しているのだろう。

「よーし、いい作戦を考えた！　このミルノー女王ちゃんが相手に水をぶっかけて目が痛いよう〜、ってなって落下させるんだよ！　待っててね作戦名を考えるから!!」

「お、おえ……。す、すみません、大事なタイミングなのに船酔いしていて……。あの気にならず作戦を続行してください〜」

「おおっと、パウリナちゃんナイス！　そのお口からのXXXで相手の目つぶしを狙う作戦だね！　よーし、私と共同戦線だー!!」

「ひ、ひぃいい！　ち、違います〜」

そんなやりとりを横目にデュースは、

「お前らには女子力という概念はないのか……？　オートマタの私でもドン引きなのだが？　アリアケ様に気持ち悪がられたらどうする……ぶつぶつ……」

ぼやいてドン引きしていた。

「とはいえ、ミルノー女王の戦略自体はそれほど悪くない。パウリナのXXX作戦はどうかと思うがな」

「い、いいいいいい、言ってません！　私は言ってませんよおお!!　女王様が勝手に言っただけですから、おえー！」

　ふむ、忙しそうなパウリナは放っておいて、作戦を説明する。

「ミルノー女王が言った通り、相手の目を奪う作戦を行う！　高高度の空中戦だ、油断しないようにな」

「あほう！　んな作戦で勝てるわけねえだろうが！　俺の剣技で相手を圧倒するのが一番ってもんだ!!」

「ほう、良い心がけです。では一番槍は譲りましょう」

　エリスが勇者とその仲間たちの首根っこを摑んだ。

「はへ？」

「ふ、さすが勇者パーティーと言ったところか。《浮遊》スキル発動。存分に戦ってこい！　ただ、俺は船も操作していてフォローは出来ない。下手したら死ぬからそのつもりでな」

「私は言ってないわよ!?」

「俺の筋肉は陸地でこそ輝くのに!?」

「あたしは魔力によって後方からちくちく弄《いじ》るのが趣味で!?」

「では全員を射出」

「「「うぎゃあああああああああああ!?」」」

エリスがブースターをマナによって創出し、一瞬にして加速する。

勇者パーティーごと出陣していった。

敵中央にいきなり躍り出て集中攻撃を受けることも厭《いと》わない。

一方で、そんな行動を想定していなかった敵陣の一角では大混乱が発生していた。

「ふ、さすが勇者パーティーだ」

「ボクには死にかけているように見えなくもないんですがね～……」

「重篤な幼馴染バイアスがかかっているのじゃ。言っても無駄なのじゃ～」

ラッカライとコレットがヒソヒソと何か言っていた。

「まぁ、良いのじゃ。わしも戦うのじゃ！　ラッカライとアリシアとブリギッテは旦那様のこと宜しくなのじゃ。フェンリル、リスキス、一緒にやるのじゃ～！」

「そうであるなぁ。なかなか噛み応えのありそうな蛇よ。おっと、作戦は目くらましであったか」

「倒さんでも良いのじゃ？」

コレットが首を傾げると、リスキスが答えた。

「アリアケっちの指示は、そういうんじゃないのだ！　が、まぁ倒してしまっても良いのだ。自由にしたら良いと思うのだ。なぜなら、コレットっちの勘は、神の末裔ゆえ天啓に近いからなのだ!!」

「分からんが、分かったのじゃ！」

「ほらほら、そなたら行くぞえ。勇者どもがもう死にかけておるからの」

彼女らもそう言いながら出陣する。

「私は回復をしていくとして、セラさんはバシュータさんと組むと良さそうですね」

「ですな。ちょうど目つぶし草を粉末にしたものが大量にありますぜ」

「それはいいですね。風に舞わせるにはうってつけです」

「ふん、では私は護衛役をするか」

デュースがそう言った。

「エリス女王の護衛じゃなくていいんですか？」

もっともな疑問をセラは口にするが、

「あんな自由なのを護衛してたら、バグってしまう。勘弁してもらおう」

「は、はぁ、そうですか。何だかお祭しいたします……」

そんな会話をしながら彼女らも出陣する。

「私たちは良いんですか、アー君？　大結界を張りながら、戦うことも出来ますよ？　拳で」

「大胆な拳は乙女の特権ですからね！　ちなみに私も殴り愛しながら結界を張るの、結構得意なんですよ」

大聖女と現人神は言うことが違うなぁ。

「ボクは何があっても先生の背中を守りますね！」

「おおー。なるほど、お姉さんは学びました。こういう奥ゆかしさも大事なんですね。殴り愛だけが愛ではないんですね～」

「学びが深まって良かった。まあ、それはそれとして」

俺は開始されたこの星で初めての、飛空艇同士での空中戦を観察しながら言った。

「空中戦の肝《きも》は個人ではないからな。あくまで船と船の戦い。つまり」

俺は微笑みながら言った。

「最大の戦力はある程度、船に残しておかなければならない」

それなのに相手は空中戦が可能な最大戦力たる四魔将を既に船から放出してしまっている。

「その意味をレメゲトンはほどなく思い知るだろうさ」

俺の言葉はまるで予言のように、船上に響くのだった。

～レメゲトン視点～

「フハハハハハ！　しょせんは僭称皇帝アリアケよ！　全く大したことないではないかぁ!!」

飛空艇のブリッジで俺は奴を嗤い哄笑を上げていた。

「見ろ！　奴らは空中戦に不慣れだ！　四魔将ヨルムンガンドに手も足も出ないからと、目つぶしで落下させようとしている!!」

ブリッジにいた部下たちもつられて嗤う。

そんなことで空中から落下する四魔将ではないし、率いるドラゴンたちも同様だ。

「見ろ、加速しだしたぞ。ははは、雲の中に突っ込んだ。躱す余裕もないのだろう。よし掃討戦だ！　追いかけながら空中戦を継続せよ！」

「はは！」

戦いの趨勢《すうせい》はもはや明らかである。

「進退窮《きわ》まり気が動転したようだな、アリアケよ。四魔将の一人ギガテスを倒したからと言って恐れるに足らぬ存在だったか。ふっ、くだらぬ」

「しょせんは、魔大帝レメゲトン様の足元にも及ばない存在でしたね」

「ふふふ、今思えば無論のことだな。しょせん、エンデンス大陸の雑魚どもの集団だ」

俺は唇を歪めて酷薄に嗤いながら言う。

「だが、あんな僭称皇帝に騙されて寝返った国々には相応の罰を科さねばならんな。くくく、今から楽しみだ」

俺は勝利を確信し、鬨《とき》の声さえも上げそうになる。

「くくく、ははは、わーっはっはっはっは！　ぐげえええええええええええ!?」

俺が大笑した瞬間、飛空艇が大きく揺れ、ブリッジが上下に激しくバウンドしたのである。

俺は天井に頭を打ち付け、その後固い床にも打ち付けられた。

「ぐえええ。な、何があった！　報告せよ!!」

「ま、魔大帝レ、レメゲトン様、鼻血で顔の下半分が真っ赤で少し見栄えが悪くなっております……。威厳を保つためにも先にこちらでお顔を拭いてくだされ」

「くそおおおおお!!　いいから報告しろと言っているのだ!!」

俺は受け取ったハンカチで顔面を乱暴に拭きながら状況報告を求める。

一体何が起こったというのだ!?

だが、部下から発せられた言葉は俺の耳を疑わせる内容であった。

「飛空艇のフィウーサラージ《主胴体部》に大穴！　損耗率50％！　機体維持できません！」

「なんだとぉ!?　どういうことだ!!　敵共は全員四魔将並びにその部下たちと戦闘中ではないか！　こちらがやられる道理がどこにあるのだ!?　一体誰がこちらの防衛線を突破して、しかもこの巨大な飛空艇に大穴を空けることが出来る!!」

俺は狼狽して絶叫するが、部下からは事実のみが告げられ、更に血の気が引いた。

「相手の飛空艇の体当たりです」

「た、体当たりぃ!?」

俺はブリッジから全方位を確認する。

空には積乱雲をはじめ分厚い雲が何十と存在した。俺たちはその雲に隠れて相手に奇襲を仕掛けることに成功したのだ。

だが、いつの間にかその立ち位置は逆転していた。

相手の飛空艇の進行にあわせ、有利であるこちらは追跡をしているつもりであった。

しかし、そうではなかった。

相手の船の大きさはこちらの半分以下で小回りが利く。その上、どうやらアリアケによるスキルで浮遊させているため、更に空中での自由度が高いのだ。

ゆえに、雲に隠れた瞬間に我が艦の死角へと回り込み、突撃を敢行したのである！

「追いかけていたつもりが、まんまと誘い出されたというのか!?　この俺様がぁ!?　空中戦そのものが目くらまし！　いや、目をくらませる相手は四魔将でもドラゴンでもなく、この俺だったということか！」

俺はブリッジの指揮台を血が出る程ギリギリと握りしめ、歯噛みしたのであった。

同時に、相手の行った『目つぶし』作戦の規模の大きさが、俺の想定をはるかに超えていたことも、俺に地団太を踏ませる原因の一つである。

「絶対に許さんぞ、アリアケ・ミハマァアアアアアア」

「レ、レメゲトン様、お逃げ下さい！　時間がありません！」

「くそおおおおおおおおおおおおおおおおおおおお」

爆発して轟音を発しながら落下する飛空艇とともに、俺の絶叫もまた艦内へ轟いたのである。

~アリアケ視点~

「よし、うまくいったな」

「相変わらず無茶苦茶ですねえ、アー君は」

「さすが先生です。思いもつかない艦隊運用だと言わざるを得ませんね!!」

「こんなことが出来る人は今後アリアケ君以外いないから、史上初であり、史上最後ですね」

「わしはこんな作戦ならいつでも大歓迎なのじゃ！　殴ってスッキリなのじゃ！」

俺たちが貫通させたレメゲトンの船は、こちらの何倍もあった。装甲も相当の分厚さで普通の方法では墜とすことはなかなか難しいのは明らかであった。

「だからこそ、俺のスキルで、お前たちの攻撃力を何倍にも増幅させた上で、決して破壊されない聖武器、ラッカライの聖槍ブリューナクをちょっとだけ強い力で押してもらったというわけさ」

「だけって……。いえいえ、誰もそんな発想できませんからー！」

「そうですねえ。アリアケ君の無茶っぷりを客観視することをお姉さんはおすすめしますよ」

「ブリューナクの悲鳴が聞こえた気がしましたよ〜」

呆れたような声で三人が言う。

一方のコレットは上機嫌だ。

「無理もないのじゃ！　わし《神竜》とブリギッテ《現人神》とアリシア《大聖女》による《三歩破軍》なんて、惑星破壊レベルじゃしな！　じゃが、超気持ちよかったのじゃ、かかか！」

「《三歩破軍》スキルは三歩のうちに敵を屠《ほふ》るほどの攻撃力を与えるスキルだが、今回は敵の装甲を貫く推進力を獲得するための爆発力として利用しただけだぞ？」

「規格外ですねえ、本当にもう！」

「本当です、でもさすが先生です。あ、そう言えば、ちなみにコレットお姉様、四魔将ヨルムンガンドの方はどうなったんですか？　魔王様やフェンリルお姉様たちと共闘されていらっしゃいましたよね？」

「ん？　おお、あれか、あれか」

コレットは朗らかに笑って言った。

「半殺しにして飽きたから、魔王リスキスに譲ってやったわい。退屈そうだったからな、にょわはははは！」

「コレットちゃんも大概規格外ですよねえ」

「お姉さんとしては半殺しは可愛くないと思います。ここは一つ『めってした』と言っておくと、可愛さがアップしてアリアケ君へのアピールにもなるかと思うのですがどうですか？」

「えーっと、誤魔化せるレベルを超えちゃってるとボクは思いますが……」

彼女らがそんな会話をしている間にも、レメゲトンごと敵飛空艇は落下していく。

指揮官であるレメゲトンからの指示がなくなり、統率を失った四魔将やドラゴンたちもほどなくリスキスたちに討伐されるだろう。

下方を見る。

すると山脈の頂きに、複雑な形をした遺跡のようなものが見えた。

レメゲトンたちの船はなんとかそこに不時着しようとしているようだ。

「悪運だけは強いようだな」

あれが目的地らしい。

「後片付けを終えたら早急に後を追うとしよう。どうやらあれが今回の事件の舞台。いや」

俺は微笑みながら言った。

「この星の舞台裏なのだろう」

6、魔大陸の中枢

「にょわ〜！　なんじゃ、あれは！」

レメゲトンの飛空艇は俺との空中戦に敗北し、墜落せんとばかりの勢いで不時着しようとしていた。そこにはちょうど海と見間違わんばかりの広大な湖がある。

「あははは、コレットちゃんったら大げさなんだから〜。湖に不時着して何とか事なきを得ようとしているだけって、ぎょええええ、み、湖があああああ!?」

「ミルノー女王。同じ女王として羞恥《しゅうち》という概念をあなたにも学んで欲しい。理由は女王全般の格があなたのせいで落ちるからですが」

「おお、エリス女王にもついに女王の自覚が。うっ、うっ、長年補佐してきて良かった」

まぁ、彼女らの悲喜こもごもは置いておくとして、目前で展開されている光景は圧倒的だった。

「湖が割れて……。中にあるのは……都市、でしょうか？」

アリシアの疑問に、

「そのようであるなぁ。しかも水に浸かっていたわけではないようであるな。水の膜で隠されておったただけで、朽ちてもおらぬ。それにしても、いつ、誰が、何のために使う施設なのかのう？」

フェンリルが意味深に答えた。

「でもそもそもおかしいですよ、お姉様。都市は生活をするためで、使うのはヒト……ですよね。でも、それをこんな辺鄙《へんぴ》な場所に隠蔽しておいたら、いつになっても使う機会は来ないはずです」

そうだな、と俺は頷く。

「存在自体が矛盾した都市。使われない都。あるいは、そうだな」

俺は点と点がつながる感覚に思わず頷く。

「使われないことも想定されていた都市と言うべきかもしれないな」

「む、難しい会話をしている。わ、私場違いじゃありませんか？　降りた方がいいですか!?」

その言葉にブリギッテが言う。

「こらこら。パウリナちゃんは明らかに関係者、というか多分、今回の『鍵』ですから。大人しく運命をアリアケ君に明け渡しちゃいなさーい」

「う、運命を!?　う、うへへ。そ、それって養ってもらえるみたいでいいっすね……」

「こいつ図太いのか、か弱いのかよう分からないのだ！　人間とは不可思議なのだ！」

「魔王様に突っ込まれるとは逸材ですね」

セラが思わず突っ込んだ。

「セラ様も結構なエルフ族の異端児《逸材》だったと記憶してますが……。まぁ、それはともかく、ブリギッテ様のおっしゃる通りのようですね」

ローレライの言う通りだった。

その広大な湖の下に隠された都市は、レメゲトンを不時着させると一度、また水の膜を張ろうとする。

だが、俺たちの飛空艇が近づくと、同様に湖の水が取り払われ、下に隠された都市を露出させたのである。

それと同時に、パウリナの胸元の紋様も赤い光を放っていた。

なるほど。確かに『鍵』だ。

「こ、これは……。本当に火傷の痕じゃなかった説ありますね！」

「それはあまりに今更過ぎるなぁ」

俺は大いに肩をすくめたのである。

俺の船が着陸した時には、既にレメゲトンたちは船を去った後であった。

ボロボロになり、爆発の可能性もある飛空艇から必要な資材だけを早急に運び去ったのだろう。

「逃げ足が速いな。ビビア並みだ」

「んだとゴラァ!?」

「褒めているんだがなあ」

「逃げ足が速いことは悪いことではないですからね～。さて、アー君！」

「なんだ？」

アリシアが言う。

「そろそろアー君には今回の事件の全容が見えているはずですよ！　情報共有よろしくです!!」

「うーん、そうだな、不確定要素があるし、割とぶっとんだ話だったから、あまり曖昧な話はしないようにして来たんだが、パウリナの能力についても一部確認できたわけだし、そろそろいいか」

「さすがわしの旦那様なのじゃ！　わしなんてなーんにも分からんのじゃ！　そもそも、この魔大陸の存在が何かよう分からんと思ってるくらいなのじゃ！　にゃははは！」

「あてぃしもなのだ！　さすが大賢者アリアケっちなのだ！　あと、あてぃしなんて、まだオートマタ種族というのに違和感があるのだ。なんか根本的に成り立ちが違う感じがしてしまうのだ。あ、これは別に悪い意味ではないのだ!?　気を悪くするのではないのだ、はわわわ！」

「よく言われますので大丈夫です。お気遣いにお礼申し上げます。心優しい魔王リスキス様」

エリスは無表情ながらも礼を言う。

「や、優しくないのだ！　か、勘違いするな！　なのだ！」

やれやれ。俺は微笑んでから、

「そうだな、まずは分かりやすい部分から説明するか」

そう言って解説を始めようと思った時である。

「お帰りなさいませ、お待ちしておりました、ご主人様」

そう言って、複数の女性たちが、どこからともなく現れたのである。その誰もがショートヘアの黒髪で、エプロンドレス姿をしており、個体差という意味で特徴がない。

「ようこそ魔大陸の中枢へいらっしゃいました。パウリナ・アルス・サロモニス様。また星の女神イシス様と同等なる権限をお持ちのアリアケ・ミハマ様」

彼女らの先頭の一人がそう言うと、屈膝礼《カーテシー》をする。

そして、次に、

「最外殻仕様オートマタ・エリス様、デュース様、お疲れ様でした。千年に渡る情報収集に敬意を表します。後日、同期の時間を頂きたく思います」

そう彼女らに言ったのだった。

「君たちは……オートマタ種族の基本素体ということだな」

俺の言葉にその少女らは頷いた。

「その通りです、アリアケ様。さすが星の脅威《癌》を取り除いた救星の英雄でございます。私が基本素体たちを代表してコミュニケーションを取らせていただきますので、呼びやすいよう仮にサイスとでもお呼びください」

そう言って彼女は軽く微笑んだのである。

俺も微笑んで言う。

「やはりここが魔大陸の心臓部『コア』なんだな」

その言葉にサイスはやはり微笑みで応えたのである。

「ど、どどどっどど！　ど、どどどどっどど！」

「まぁ落ち着いてダーリン。翻訳すると、どういうことだ、説明しろコラ、ですわ」

「なるほど。ごもっともです。とはいえ、千年間掃除とメンテナンスで航行機能を維持してばかりでしたので、少しテンションがぶち上がっております。お恥ずかしい限りですが何か粗相がありましたらお許し下さいませ」

「見た目に反して、こやつ恐らく、割とやんちゃな性格をしておるのじゃ！」

「エリス女王の基本素体だからな」

「どういう意味でしょうか？　理解しかねます。そしてついでに言うなら、私の素体ということについても疑問を覚えます。私やデュースと同期するとも言っていたようですが？」

「そうだ！　私は私だ！　ベースになる存在なんか身に覚えがないぞ！　私は最初から私だった」

エリスたちが疑問を呈するが、逆にアリシアやリスキスはその言葉の方に違和感を覚える。

「あ、でも、それはそれで変じゃないですか？　普通の生き物には親がいますが、オートマタ種族はそうじゃないですよね？　じゃあ、そもそも、どこからあなたたちは来たんでしょうか？　今まではでは何となくスルーしてきましたが」

「確かにそうなのだ。まるで最初からこの魔大陸にいたみたいなノリなのだ!!」

「お二人とも正解です！　パンパカパーン!!」

サイスが口から効果音を鳴らした。娯楽に飢えているのだろうか。

「やったのだ！　正解したのだ!!」

「このメイド本当にやんちゃな性格であったようであるなぁ」

「失礼致しました。猛省しましたので、もう大丈夫です」

その言葉にローレライは半眼になりながら、

「オートマタ種族というのはあれですか、意外性を求めてやまないタイプなんですか？」

と言った。

サイスは咳払いしてから再び話し始めた。

「魔大陸造成と同時に私たちオートマタは生み出されました。なぜなら、その目的が魔大陸の維持管理。そして、いざ『運用』した時のスタッフだったからです」

「ふんぎが！　ふんぎが！」

「ああ、もううっさいこのクズ勇者！　はい、デリア！　翻訳!!」

「意味分かんねえことばっかり言ってんじゃねえぞ、ゴラ。魔大陸の運用とか意味不明すぎんだが舐めてんのか、ああん？　とのことですわ」

「あと、このビビア・ハルノアに賛同するのは、ストレステストのようで不快なのですが、私たちにサイス、あなたの言った、そのようなメモリーはありません」

「それはそうですエリス様。なぜなら目的が違いますので、当然初期配置も違ったのです。私たちの目的は管理運用・維持メンテですから、この魔大陸コアに初期配置され、必要な記憶として「正史」がインプットされています。ですが、最外殻仕様オートマタはフラットに外部の生命と交流し情報を蓄積することが目的です。そのため、私たちのように「正史の記録」はむしろ邪魔であり、一方で旺盛な好奇心やコミュニケーション能力が付与されているのです。ああ、私ももっと皆さんを楽しませるコミュニケーション能力が欲しくてやみませんが、仕方ありませんね」

「十分面白いよ！　今度一緒にネタを作りましょ！」

「光栄です。えっと、面白そうな女の方」

「女王なんだけど!?」

「まぁ、コンビ結成は喜ばしいこととしてだ」

俺はパンパンと手を叩く。

「何から説明しようかと思っていたが、手間が省けて良かった。要するにこの魔大陸は現在、待機状態でな。本格的な『運用』を待っている状態というわけだ。そして、そのための鍵となる存在がパウリナであり、同時にレメゲトンでもあった」

「フンガアアアアアアアアアアア!!」

「そうだな、ビビア。結局のところこの魔大陸が何なのか、か」

「どうして先生やデリアさんには勇者様の異次元言語が分かるのでしょうか、お姉様？」

「この星、最大の謎なのじゃ」

ラッカライとコレットがなぜか呆れている。

「アリアケ様には既に見当がつかれているのですか？」

「ん？　ああ。結論だけ言えば」

俺はさらりとサイスに向かって言った。

「この魔大陸は、万が一邪神に星を破壊された時のための、脱出艇だろう？」

要するに、

「宇宙船だな」

一瞬の空白の後、

『えええええええええええええええええええええええ!!』

仲間たちから驚愕の声が上がったのだった。

「その通りです。正確には惑星脱出用星間横断仕様型浮遊艇、通称【アーク】と言います。それにしても、完全に魔大陸の正体を言い当てられたことには変わりありません。さすが星の神の権限を委《ゆだ》ねられた大賢者様です。テンションあげあげと申し上げて差し支えありません」

「テンションぶち上げているところすいやせんが、俺みたいな凡人にも分かりやすいようにもう少し簡単に説明して頂けませんかね？」

バシュータが肩をすくめながら言うが、実際のところ彼はほぼ理解しているだろう。情報を共有するためにあえてそういう道化を演じてくれているだけだ。

「ぎひひひぃ！　わかんねーのかよ、バーカ！　要するにこの魔大陸が宇宙船だってことだ!!」

「おっと筋肉が滑った。ふむ、すまんが話の続きを頼む」

メキョメキョメキョ！

「んぎいいいいいい!?　エルガー!?　てんめえええ、グアアアアアアア!!」

「ちょっと、エルガー！　……ほどほどにお願いするわよ」

「ふぎー!?（デリアー!?）」

ふむ、皆は一瞬ざわついたものの、バシュータのおかげで再び話に集中してくれた。不出来な弟子は放っておいて続きを語る。

「結論だけではもちろん意味が分からんだろう。そして、俺たちがこの魔大陸で実際に目にしたもの、経験したものから推察をするのが一番理解しやすいと思う。まず、女神イシスが暴走した件を覚えているか？」

「そうでしたね。そのせいでボクたちはこの大陸に時空転移させられたんですから」

「その時、変なことが起こっていただろう、エリス、パウリナ？」

二人に話を振る。

「はい。女神イシスは私とパウリナのことをまるで居ないものとして扱っていました」

「いいえ。私が無視されることはいつものことなんで。こんなに影が薄い私が女神様から無視されるのは当然のことなんで、へ、へへ」

なぜか真逆の答えが返ってきたわけだが、答えの内容は同一なので、話を続けることにした。

「そう、女神イシスはなぜか君たち二人を無視した……わけではない」

「ではない？」

「ふへへ、同情はよしてください。分かってるんです。分かってるんです……」

「そう、無視したのではなく、認識できない仕様なんだ、星の女神にとっては。なぜなら、ここが星の女神にとっての本当に最後の切り札だったからだ」

「切り札とな！　とすると、その切り札の相手というのは、もしや、なのじゃ⁉」

コレットの驚いた声に俺は頷いた。

「そう、その相手が邪神だ。正式には偽神である宇宙癌ニクス・タルタロス。かつてイシスを窮地に追い込み、千年の眠りにつかせた惑星の天敵。イシスは俺を時空転移させること、この星のマナを使い切ることで千年間の時間を稼ぎ人間がレベルアップするための時間を作った。だが、それだと問題がある。ローレライなら分かるだろう？」

「負けたら終わりということですね。そういう博打《ばくち》は余り打つべきではないですね。政治生命は死ぬまで尽きませんから。死なないように、死なないように、延々と立ち回り続けるべきです」

「さすがあのリズレットの娘だ」

俺は微笑む。ローレライは嫌そうな顔をする。

そこにデュースが口を開いた。

「と、ということは、まさか魔大陸はニクス・タルタロスに敗北したとき用の脱出艇なのか!?」

「そういうことだ。考えてもみろ、千年後にどうなっているかなど、正直まるで分からん。だからあいつなりに奥の手を用意したんだろうさ」

「ふむ、だとすれば我がパートナー。私やパウリナを星神が認識できない理由も明白です。切り札なのだから、万が一にでもニクス・タルタロスに知られてはならなかった。記憶を読まれることもありうるし、操られることすらあるかもしれない。だから、自分の記憶から抹消することはもちろん、認識すらしないことを選択したわけですね。私でも同じ選択をするでしょう」

「無視されてるわけじゃなかった……？　し、信じられない……」

「補足をすれば、魔大陸にはこの千年間、霧のカーテンというものが張られていた。これは魔力値や腕力などがある一定の強さ以上になると通行が出来ない仕組みだが、これも女神イシスの仕業で間違いない」

「あー、なるほどですね。魔大陸には生命を存続させておかないと、いざという時に脱出させる人員がそもそもいません。だから、宇宙に逃がすべき強い個体を大陸に残し、行き来を阻んだわけですね。霧のカーテンは魔大陸に行けないようにしているわけではなかったわけですか。むしろ、魔大陸から宇宙でも生き抜ける強力な個体を外に出さないように封印していた、と」

アリシアもポンと手を打って納得する。

「ですがアリアケ様、分からないのは今になってなぜレメゲトンは動き出したのでしょうか。それも霧のカーテンが取り払われたのと同じタイミングで？」

　セラの疑問に俺は頷く。

　それは今回の事件の核心部分だったからだ。

　だが、その答えについては、アリシアとコレット、ラッカライが偶然にも口をそろえて、あっさりと答えを言ってのけた。

「それはもちろん、アー君がニクスを葬ったからですよ、ね？」

「それはもちろん、旦那様がニクスのアンポンタンを消滅させたからなのじゃ！　のじゃ？」

「それはもちろん、先生のおかげで宇宙癌ニクス・タルタロスが討伐されたからではないでしょうか？」

「そなたら仲がええのう。だが、それしかあるまい」

　フェンリルも頷いて肯定する。俺も同意見であった。

「ま、そうだな。だが、俺だけの力じゃない。みんなの力を合わせた結果だ。俺は後ろでフォローしていただけだ」

「私の記憶が正しければ、四つの聖武器を合体させて、偽神の心臓を貫いていたような？」

「？　やはり、みんなの力を合わせた結果じゃないか」

「やれやれ〜」

「先生らしいですね〜」

アリシアとラッカライが肩をすくめた。

なぜだ？　まぁいいか。

「ニクスを打倒したことで、魔大陸は起動可能な状態になったというわけだ。だから、レメゲトンは行動を開始し、もう一人の鍵であるパウリナを手中に収めようとした」

その言葉にセラは首を傾げる。

「アリアケ様、ニクスを倒したのに、魔大陸が起動する状態になるのですか？　ニクスを倒したのなら、魔大陸で脱出する必要はないはずです。そうセラは思うのですが？」

もっともだな。だが、それは星神の立場になれば理解できるのだ。

「セラ、女神イシスの視点でものを考えてみるといい。いや、むしろ彼女自身すら認識できない、星の生命を存続させるための自動プログラムとでも言うべきなのかもな」

「自動プログラム。あっ！」

聡明な彼女はすぐに答えにたどり着いたようだ。

「偽神ニクス・タルタロス討伐のために、女神イシスと共闘し、その後女神は長い眠りに入りました。もしかして、その間に何があるか分からないから、念のために魔大陸を起動できるようにしたのですか!?」

「ふ。不出来な弟子も悪くないと思っていたが、やはりよく出来る生徒は可愛いものだ」

誰のことだぁ!?　とアームロックをかけられている勇者の声が漏れ聞こえて来たが、俺は微笑みながら口を開いた。

「それだけこの星の生命を愛しているというわけだ、あんなノリだがまさしく星神だな。彼女の権能とはすなわちこの星の生命を必ず生き延びさせること。その一点に集中しているんだろう。そのためなら、かなりでたらめなことまでやる。それに、女神は認識してないが、あの偽神は本物の邪神ナイアの使徒だしな。別の邪神が彼女の眠りの間にやって来ることは実は十分考えられる。だから無意識に魔大陸を起動可能状態にしたのは、実際かなり妥当な判断なんだ」

「詳しいご説明をありがとうございました。ご主人様。私どもが認識できていない貴重な情報も含まれておりましたことにお礼申し上げます。ウキウキする冒険譚だったと申し上げざるを得ません。何せ娯楽が少ないもので」

「それは良かった」

「猛省はどこに行ったのじゃ？」

「でもさでもさ！　女王的にはまだ分からないところがあるんですけど！　発言したいけど、発言しちゃってていいかな？　かな!?」

「はい、ミルノー女王さんどうぞ～！　ちなみに実は余り時間が無いはずですので、前置きは結構ですよ～」

ブリギッテが許可を出す。

「えーっとね！　疑問っていうのはパウリナちゃんとレメゲトンさんのことなんだけどさ、二人がこの魔大陸……。ううん、アークを起動させる鍵なのは分かってるんだけどさ」

彼女は首をコテンと横に倒して言った。

「なんで二人もいるの？」

ミルノーの言葉に全員の時が一瞬止まった。

「あれ？　変なこと言った？　でも普通鍵って1つじゃない？」

「ふっ」

俺はその言葉を聞いて微笑む。

「うわん！　馬鹿にされた！　もう生きていけない！　パウリナちゃんとお芋作って慎ましく暮らすんだから！」

「死ぬか生きるかはっきりしてください」

ローレライがすかさず女王相手にツッコミを入れているが、スルーして、

「馬鹿にしたわけじゃない。その通りなんだ。その理由が最後まで俺には分からなかった。特に」

俺はパウリナへ視線を向けて話す。

「同じ鍵として生まれたはずなのに、二人はまるで違う生態をしていることがな」

「おお！　確かにそうなのじゃ！　パウリナは普通の女子《おなご》じゃが、レメゲトン、あやつはなんじゃろう、千年生き続けておることからしても、特殊な存在なのじゃ。少なくとも人間ではないのじ

や！」

「ブリギッテ様みたいに時間停止型の封印で自分ごとアビスを封じていた訳でもないですもんねえ」

コレットとアリシアが頷く。

「どういうことなんですか、先生？」

俺はそのことを説明しようとするが、

「ふむ、どうやら邪魔が入りそうだ。だが問題ない」

俺は聖杖キルケオンを構えながら言う。

「その答えはこの戦いが教えてくれるからな」

俺の言葉に反応するように、仲間たちは一斉に戦闘態勢に移行したのであった。


ドゴオオオオオオオオオン!!

俺たちが戦闘態勢に移行した瞬間に、美しい街並みの一角が爆発四散する。

そして、その瓦礫《がれき》を踏みつぶすようにして現れたのは、2体の巨大なモンスターであった。

どちらも体長は50メートルほどはあろう。

そのうちの1体は紫の粘性を持つスライムだが、通常、低レベルのそれとは全く違うようだった。

エリスとデュースが順番に口を開く。

「魔大陸でのスライムとは、すなわち物理攻撃を一切受け付けず、歩いた後には何も残しません。ゆえに【災害】か【現象】と言う風に捉える方がより適切でしょう。またあれはその中でも最強の個体であるジェネラル・ヴェノム・スライム。近づくだけでその毒素によって生物は死に絶えます」

他方、もう1体はがっしりとした肉体と牛の頭部を持った存在である。だが、大きさが桁違いであり、その担がれた斧による衝撃は街の一角を一瞬にして塵にすることだろう。

「あれはミノタウロスだと思うが、あれほど巨大で強大な姿の個体を視認したのは初めてだ。破壊に特化した悪夢そのものだな。メア・ミノタウロスと称するのが妥当なところか」

「了解した。エリス、デュース。だが、やることは変わりないさ、そうだろう、みんな？」

「お、おうさ！　応戦してやるってもんだ。俺には星剣があるんだ！」

「もう、勇者様ったら何をおっしゃってるんですか！」

ローレライが腰に手を当てて呆れたように言った。

「『応戦』じゃないですよ、私たちがするのは。私たちがアリアケ様のもとでするべきは唯一つ！」

「うむ！　ローレライはよう分かっておる！　旦那様がするべきことなど一つに決まっておるのじゃ。のう、ラッカライよ！」

「はい!!　お姉様!!」

ラッカライは聖槍ブリューナクを構えながら断言した。

「蹂躙ですね！　腕がなります！」

「あらあら、何だか脳筋がラッカライちゃんにまで感染《うつ》っているようね、お姉さんは悲しいです」

「本当ですね、ブリギッテ様。やはり乙女は床《ゆか》しくないと！　それはそれとして前衛に行きましょう!!　この前練習した必殺技に耐えられますかね、四魔将さんたちは、ふっふっふー！」

「……うちのチームはこんなんだったかな～」

俺が少し苦笑していると、先ほどまで話していたサイスもおもむろにこちら側へと近づいて来た。そして、

「では我ら自律型維持メンテ型オートマタもあれらの蹂躙をお手伝いさせて頂きます。どうぞ指示を賜《たまわ》れればと思います。アリアケ様」

「いいのか？　あれはこのアークの鍵であるレメゲトンの部下だぞ？　せめて中立とかじゃないのか？」

「え？　あー、うーん……」

彼女は少し目を泳がせたが、誤魔化すように言った。

「あくまでプログラムとシステムに統制されているので柔軟な対応が取れないのです。そんな訳で、都市機能を壊している彼らを、維持管理要員である私たちは自動的にエネミー認定しました。うん、そんな感じでいいでしょう！　言い訳は完璧です」

「こいつら絶対最初のプログラムからバグってるのだ！」

魔王がツッコミを入れているが、何はともあれ味方でいてくれるならばありがたい。

「では星の権限を持つアリアケが勅命する。アレを蹂躙せよ」

その言葉にサイスは目を輝かせた。

「命令されました！　最高！　この瞬間を千年も待ってて良かったー！」

そう言いながら、数十に及ぶサイスたち同型機は四魔将の2体へと突撃していく。

「テンションぶち上がってますねー」

「ぬおおおおお！　一番槍を奪われる訳には行かぬのじゃ！　ドラゴンの恥は掻き捨てなのじゃ～！」

「その用法はあっておるのかえ？　コレットや」

賢者パーティーのメンバーが気を吐けば、

「ぐははははは！　これだけ味方がいればやられねえだろ！　活躍のチャンスだ、行くぞてめえら!!」

「はーいはい。あんまり突っ込み過ぎないでね」

「あたしはファイヤーボールうってっから。勝手に死にに行ったらいいじゃーん！」

「筋肉を躍動させながら突撃だ!!　俺の筋肉ならばスライムの毒だろうがミノタウロスの斧だろうが防げぬものはなーい!!」

勇者パーティーも遅れまいと続く。

こうして、サイスたちアークのオートマタたちと共闘しての、四魔将との戦いの火蓋は切られたのである！

存在が災害か現象であると称されたスライムの中でも、その頂点となるジェネラル・ヴェノム・スライムに向かって、まず勇者パーティーたちが奇襲をかける！

「ビビア！　そいつは物理攻撃を無効化するぞ！　気を付けろ！」

「うるせえ、ボケが！　スライムにこの俺様が負ける訳ねえだろうがぁ！　ぐっはあああ!!」

勇者ビビアは全力でダッシュした勢いのまま吐血しつつ、もんどりうちながら転がっていく。

「あと近づくだけで即死級の毒素を発しているから気を付けろと言いたかったのだが、一歩遅かったな。《状態異常無効》付与。アリシア」

「はいはい。解毒の加護《アンチドーテイアルマー》よ。ローレライちゃん？」

「はーい、ヒール《回復》～」

微妙にローレライは回復に消極的だが、まぁいい。

「はひぃ！　はひぃ！」

何とか体力残り1といった感じで、勇者が顔面を蒼白にしつつ、冷や汗をかきながら、星剣を杖代わりに起き上がる。

「ダーリン、魔大陸のスライムはエンデンス大陸のものとは違うのですわ！　あと鼻血を拭いた方がいいですわ」

「ぎゃーっはっはっは。うける！　何だよその顔！」

「うむ、顔面からこけたくらいで鼻血ブーとは情けない。顔の筋肉を鍛えてない証拠だ」

「んぎぃ！」

「だが威勢が良いのは良いことだ。サイス、すまないがお前の指揮下で戦わせてやって欲しい」

「了解しました、ご主人様！　よし、勇者ビビアとその一行よ、ついてきて下さい」

「は、はぁあああああ!?　どうしててめえらなんかに指示されなきゃならねえ!?　てめえらはただの使用人風情だろうが!?」

「はい？　いえ、あなたたちはデュース様やエリス様たちオートマタ種族の下僕？　だと先ほど部分的に同期して知りました。だとすると、当然私たちの配下でもあります。反抗的な態度をとる場合は消滅させても良いと聞いていますがどうしますか？」

「なっ!?　そんな馬鹿な!?　ち、ちっきしょおおお!?　この俺が使用人ごときよりも下の身分だってのか！　なら早く命令しやがれえ！」

「ぎゃははは！　勇者、受け入れるのめっちゃ早すぎじゃね？」

「だいぶデュースに絞られたからな！　ちなみに俺たちもな！　筋肉が萎縮しているから、従うことに否はない！」

「まぁ大勢の方が勝率は高いので、なんでも良いですわ。エンデンス大陸に戻ったら単独で勝利したと報告したらいいだけなのですわ！　なりふり構ってたら富も名誉も手に入れられませんのよ!!」

　ローレライやリスキスは呆れつつ、

「皆さんの意見に一切誇る点はないのに、なんで威勢だけは良いんですか？」

「まるで成長していなくて逆に安心したのだ！」

　と言った。

　さて、そんな隙を逃すほど四魔将は甘くない。

　メア・ミノタウロスの渾身の横なぎが大地を掘削《くっさく》するっ……！

　だが！

「これはなかなかの重さですね。ちょっと本気出せそうでお姉さんは嬉しいです♪」

　その掘削はへたりこむ勇者たちの目の前で停止していた。ブリギッテが実に楽しそうな顔で、超巨大な斧を受け止めていたからだ。衝撃だけで突風が荒れ狂い、

「のわあああ!?」

　勇者はゴロゴロと転がっていった。

「さすがブリギッテ様です！　よし、コレットちゃん！」

「了解なのじゃ。ゲシュペントォォォォオオオオ……！」

「聖女さあああん」

「「パアアアアアアアアアアアアアアンチ!!」」

バキイイイイイイイイイイイイイイイイ!!

「グオオオオオオオオオオオオオオオオオオ!?」

ブリギッテに受け止められた斧に、二人の拳が炸裂して逆方向に吹き飛ばす！

そして、そっちにはジェネラル・ヴェノム・スライムがいる。

「《クリティカル率アップ》付与、《物理防御無効》付与」

俺はその刹那に斧に対してスキルを行使する。

ドゴオオオオオオオオオオオオオオオオオ!!

メア・ミノタウロスの数十メートルはあろうかという斧が、突き刺さるようにスライムへ激突する。

その衝撃だけで土煙が舞って視界を覆い隠す。

「やったぁ！　これはやったね！　間違いない！　女王には分かるもん！」

ミルノー女王が喜んでいるが、

「いや」

俺は肩をすくめて言った。

「効果はない。すなわち……セラ。風を《風よ、切り裂け》」

「はい、アリアケ様。ウインド・ブラスト！」

彼女の起こした突風によって、土煙は一瞬にして吹き飛ばされる。

そして。

現れた目の前の光景を見ながら俺は続きを口にした。

「ノーダメというやつだな」

クリティカルヒットした斧を受けたにもかかわらずスライムは健在であった。

それどころか、ダメージが通った痕跡すらない。

同時に、メア・ミノタウロスから感じる力も数倍に増大しているのが分かる。

「うわん!?　そんな!?　あれで勝てないなんて！　生きて帰ったらアリアケ皇帝と結婚する計画なのに！」

「まぁ落ち着け。あと、ミルノー。お前のセリフは逆運命力がありそうだから、ちょっと静かめで頼む」

それにしても。

「物理防御無効でもダメージが通らないのか。だとすると……」

「先生、次元ごとやりますか？」

「それも無効化しそうだな。物理というか、攻撃が無効なんだろう」

「それは厄介ですね。で、どうするんですか、アー君？」

アリシアが信頼した瞳で俺を見ながら言った。

「もう作戦は出来ているんでしょう？」

その言葉に俺は微笑みながら頷いた。

「もちろんだ。さあ、ではサイスたちにも手伝ってもらうとしよう」

俺の言葉を受けて、サイスをはじめとした数十体のオートマタたちが、俺たちの頭上に浮遊し集合した。

「ご主人様は私たちにどのような行動をお求めですか？　あ、自爆ですね!!」

「なんでそうなる。『命大事に』がアリアケ帝国の国是《こくぜ》でな」

俺は苦笑してから思い出すようにして語る。

「レメゲトンの基地を襲撃した際に、パウリナの窮地を助けた帯状の物体があった。材質がオートマタ種族のものと同じだった。あれは一体何だろうと思っていたのだが、君たちに会って確信した。あれは君たちスタッフ自身なのだろう？」

「さすがご主人様です。すべてお見通しですね。あれは私たちが形態変化できる姿の一つです。その基地は恐らく魔大陸にいくつかある支所だったのでしょう。ですので、私たちの素体たちが基地の設計に組み込まれていたのだと思います」

「そういうことだろうな。あんなことが出来るのは君たち以外には考えられない。ではサイス、君たちもその力を使用することは出来るか？」

「もちろん可能です。ご主人様。かの形態《ギルテル》となり、敵の切断、拘束、なんでもしてご覧にいれましょう！　上がってきました！」

「そ、そうか」

俺は攻撃が効かないことを確認したスライムたちを見上げる。

フッと余裕の笑みを浮かべながら指示を出した。

「先ほどの一連の攻防で戦力分析は終わっている。ジェネラル・ヴェノム・スライムは生命に対する致死性の毒を発散し、攻撃を無効化する【災害】。メア・ミノタウロスは一撃で街の一角を一掃する破壊力を持つ【狂戦士《バーサーカー》】。この両者にタッグを組まれれば、近づくこともできず相手の毒と暴力に蹂躙されるだろう」

するとローレライが少しの迷いもなく提案する。

「では、勇者パーティー様たちに自爆させるしかありませんね」

「さっき自爆説は否定したのだが……」

彼女の言葉に苦笑しながら続きを話す。遠くで勇者が抗議しているが、吹き飛ばされて倒れたままなのでスルーすることにする。

「そうじゃなくてな……。と言うかむしろ、レメゲトンは本当に戦略が下手だということだ。もし、ここでこの2体のモンスターを解き放たなければ、きっとサイスは一方的に俺たちの味方は出来なかった。アークを守るのが至上命題であり、レメゲトンとパウリナは同等のはずだからな。だが、この魔大陸のコアを破壊しようとしている【災害】と【バーサーカー】を野放図にさせておくことは出来るはずがない」

「はい、プログラムが許しません」

「なら、倒し方も随分楽になる。もちろん、俺たちが力を尽くせば消滅させることは出来る。だが、それは戦術的な勝利に過ぎない。もし、戦略的な勝利を得られるならば賢者はそれを選択するべきなのさ」

「さすが主様であるなぁ。興味深いぞえ。で、どうするのかのう？」

フェンリルの言葉に俺は頷く。

「サイス、俺たちが2体の動きを出来るだけ攪乱《かくらん》し、足止めする。隙をついて奴らをギルテルで『拘束』してくれ」

「了解しました。その後はどうされますか？」

俺は指示を出そうとするが、その前に敵が先に動いた。

「ふ、それは拘束してからでいいだろう。まずは隙を作る。魔王リスキスに《星剣装備》《攻撃力アップ》《スピードアップ》。ミルノーに《魔力増幅》《氷魔法強化》。セラに《風魔法強化》。アリシア、コレット、ブリギッテには《攻撃力アップ》《クリティカル威力アップ》を付与。サイスたちオートマタ全員に《防御力アップ》。あとは《回数付き回避》《状態異常無効》を《全体化》」

「おお、星剣、あてぃしが使っても良いのか!?　勇者の剣を使うのって何だか背徳的なのだ！」

「か、返しやがれ!?　俺のアイデンティティーがぁ!?」

「ほらほら、ダーリン、動いてはだめですわ。今は回復優先ですわ」

「それにもう地に堕ちた信頼を回復するのに、剣の一本や二本あんま変わんねーって！　ゲラゲラゲラ」

「剣になど頼っているうちは三流。やはり己の肉で勝負することが大事だ」

「離せええええええええ！　よりにもよって魔王に剣を奪われたらまた後で何か悪評が立つだろうがあああ！」

そんな絶叫をよそに、スキルを付与したメンバーは阿吽《あうん》の呼吸で動く。

「わ、私は何もしなくてもいいんですか？　ま、まぁ何も出来ないんですが……」

と、その時パウリナが言った。今は俺の背中を守るラッカライと、回復に集中しているローレライのみがいる状態だ。

俺はパウリナに優しく微笑みかけて首を横に振る。

「そんなことはない。現にパウリナがここにいるのは、君が勇気を出したからだろう？　言葉には出していないかもしれないが、俺には分かっている」

「え？」

意外そうな表情をするので、俺は口に出して言ってやる。

「本当なら君は基地から助け出された後に、安全な場所に残る選択肢も当然あった。流されただけで、こんなところに付いて来る訳がない。もし君が来るのを嫌がるなら、俺は君を連れてくるつもりはなかった。なぜなら、ただの無力な女の子だしな。でも君は来た。それは、自分がここで果たす使命があると思ったからなんだろう？」

「そ、そんな大したものじゃないです。でも、いないとご迷惑をかけるかもしれないかもって思って。断る勇気もなかっただけっていうか……」

「それでいいのさ」

「え？」

「普通に暮らしていた女の子が、こんな環境にいきなり放り込まれて堂々としていたら、それこそ違和感がある。おっかなびっくり。おどおど、びくびく。それでいいじゃないか。だが言葉や態度はどうあれ、俺は君の行動を見ている。その答えは一つだ。君は逃げなかったし、付いて来ないという判断をしなかった。最初は流されただけだとしても、今も逃げずにここにいる。それで十分なのさ」

「ア、アリアケ皇帝様……」

俺は安心させるように頷いてやる。

「ありがとうございます！　結婚するならアリアケ皇帝がいいです！」

「いっきなり何言ってるんですか、この小娘？　おっと、失礼しました。こほこほこほん、聖女さんにあるまじき失言でした～。ですがパウリナさん。あなたは11番目くらいなので、そのあたりちやんと弁《わきま》えて下さいね～」

「そうです、そうです‼　ちなみに、ボクなんて先生とキスしたこともありますからね！　キャッ、恥ずかしい、私としたことが嫉妬で口がすべってしまいました～……」

「ひいいい！　すいません、すいません。調子にのってすいません！」

何だか姦《かしま》しいが、まぁ、途中から冗談を言い合っているようなので問題ないだろう。

それに戦局は既に動き出していた。


「く・ら・う・の・だあああああああ‼　魔王終局星剣乱舞《クリムゾン・ワルツ》なのだー！」

「あれは俺のだ！　俺の必殺技！　究極的終局乱舞《ロンドミア・ワルツ》なんだー！　うわあああああああ‼」

ビビアの絶叫が遠くから聞こえてくるが、

「いやぁ、あれは別物ですねー」

苦笑しながらラッカライが断言していた。俺もそう思う。

勇者の究極的終局乱舞《ロンドミア・ワルツ》は目にも留まらぬ速さで相手に攻撃を加える最強スキルであるが、魔王のそれは一撃一撃がもはや地殻変動を起こすレベルのものであった。

それがメア・ミノタウロスに炸裂する！

「グオオオオオオオオオン‼」

だが、敵もさるもの。両手で斧を構えると思い切り大地へと振り下ろす‼

ドゴオオオオオオオオオオオオオオオオン!!

爆発!!

堅牢な街に場違いな巨大クレーターが現れ突風が吹き荒れる。

通常ならば、それだけで即死級の攻撃だ。しかし。

「いちいち攻撃がでかいのじゃ。わしを見習うべきじゃぞ!!　はあああああああああああああ
……」

たとえ地獄の炎であろうとも耐えるであろうコレットの装甲は、その爆発の中を気にせずに突撃し、敵の隙だらけの足元へと到達していた。メア・ミノタウロスの筋骨隆々とした、世界樹よりも太い足首に手をかけつつも、その顔は嬉しそうな笑顔だ。

そして。

「喰らうのじゃあああああああああ!　あ・し・ば・ら・いいいいいいいいいいいいいいいいい!!」

「ぐも!?」

メア・ミノタウロスとしても意外な一撃であったのだろう。

まさか、このような究極的な戦場で、そんな小技をかけられるとは思ってもみなかったらしい。

だが、それが彼女の狙い。神の系譜につらなる彼女の戦闘における直感力は、未来予知に近しい。

グラリと、その巨軀がよろめく。

無論、踏みとどまろうとして、片手をつこうとするが、

「お姉様！　フォロー、行きます！　ラグナログ・パージ《原初の次元断》」

「ブモオオオオオオオオオオオオオオオオ!?」

手をつこうとした場所の次元がバックリと割れ、片腕がそこに吸い込まれるようになる。

「よし、ミルノー女王！　必殺『嫌がらせ』だ！」

「私だけかっこ悪くないかな!?　改善を要求するよ!?」

彼女は抗議しながらも、魔法を詠唱する。

「氷剣の結晶雨《アイス・ブレード》!!」

俺の《魔力増幅》《氷魔法強化》を付与された彼女の魔法は通常の数百倍の威力となっている。

「グオオオオオオオオオオオオオオオオオオオオ!!」

ビキビキビキビキビキ！

氷剣の結晶雨《アイス・ブレード》が命中した箇所が凍結し、メア・ミノタウロスの動きを僅かであるが遅らせる。だが、今はこの一瞬の隙こそが重要だ。

敵はさすが四魔将。ただではやられないとばかりに、無理な体勢から、その巨大な斧を攻撃を仕掛けていた仲間たちに向かって勢いよく叩きつけた。

ドゴオオオオオオオオオオオオオオオン！

その衝撃はまたしても街の一区画を吹き飛ばすのに等しい、規格外の力であった。

攻撃は隙を生むことにつながる。

メア・ミノタウロスの動きを封じ込めている仲間たちの安否こそが気になるのが道理であろう。

しかし。

「これは凄いな。さすがアリアケ皇帝だ」

ギチギチギチ……！

「グオオオオオ……!!」

「ふっ、迷惑な暴れ牛だな。だが、アリアケ皇帝の加護を受けた私の【D・ブレード】は無敵だと知れ！」

ガギイイイイイイイン!!

「ブ、ブモオオオオオオオオオオオオオオオオオオオ!!」

攻撃を一人で防いだのはデュースであった。

メア・ミノタウロスは不意をつかれたことで、今度こそ本当に背中から転倒したのである。

「先ほどサイスたち全員のオートマタ種族に《防御力アップ》を付与したからな。無論、最外殻仕様であろうとも、デュースもその中に含まれる。あえて、無意識的に注意から外れるようにサイスの名前を出したわけだ」

転倒。これは十分な隙だ。すなわち、

「第一段階の計画は予定通り。そして、次の勝負も一瞬の攻防となるだろう」

今の戦いも時間にすれば1秒程度のものなのだから。


俺は視線をジェネラル・ヴェノム・スライムの方へと移す。

そこには敵へと凄まじいスピードで肉薄するエリス、ブリギッテ、アリシア、そしてフェンリルとセラ、バシュータがいる。

「はあああああああああああああああああ！」

「行きますよ、行きますよ、行きますよー！」

先手はブリギッテとアリシアが取る。

ブリギッテは猪突猛進と言って差し支えない宗教の始祖だけあって戦意が高い。

あと、アリシアはブリギッテと組むと、結構その影響を受けるのか、いつも以上の武闘派になる。

彼女らはサイスたちの作ったギルテル《帯》を足場に上空50メートルまで一気に上昇する。

「アリシアさん、合体技、よろしくです！」

「かしこまりました！　コレットちゃんを見ていて思いついた結界魔法《ドラゴンスケイル・バレット《神竜の弾丸》》！」

それは砲術と言って良い結界魔法のアレンジだ。

超硬質なドラゴンの鱗の如き結界を生成・圧縮し、その圧縮で結界が崩壊した衝撃で対象を『弾丸』のように打ち出す亜種結界魔法！

その想定される『弾丸』はヒトだ。

そもそも、その衝撃に耐えられる人間がこの地上に何人いるか分からないが、その内の一人がブリギッテ・ラタテクト。ブリギッテ教の始祖であることは間違いない。

「この拳に纏った地獄《アビス》の熱に焼かれてくださあああああああああああい!!」

本物ではないだろうが、300年間身近にあり続けた地獄の炎を再現した力を纏い、弾丸となったブリギッテが超高速で【災害】たるスライムへと突撃する。

ボゴオオオオオオオオオオオオオオオオオオ!!

ひしゃげる。

潰れるかのようにスライムが横へと伸びる。

それでも衝撃は逃しきれずに、更に更に、ブリギッテの拳は。彼女と言う弾丸はスライムを貫通するのではないかというほどギチギチと音を立てて食い込む。

だが。

『球体……再……生……』

どこから声を発したのか不明だが、耳障りな倍音がスライムから響いた。

その瞬間、貫かれようとしていた体が瞬時に球体に戻ろうとし、ブリギッテを押し返し始めた。

「なるほど、これはいざ貫くとなれば、骨が折れそうですねっ、と!」

オオオオオオオオオオオオオオオ!

刹那、スライムの体は元の球体へ瞬時に復元される。

が、同時にブリギッテは今まで込めていた力を一気に緩めて離脱する。

それによって、まるで凄まじい力で叩きつけられたボールが跳ね返るように、空中にスライムが浮き上がる。

『オオオオオ!?』

「セラ様、出番ですぜ」

「準備万端ですよ。それにしてもバシュータ様のアイテムはいつもどこに隠しているんですか？」

「アリアケの旦那直伝ですな」

「あら。それはファンクラブ会長として、少し嫉《や》けちゃいますね」

彼女は頬を膨らませた後、バシュータの投擲した物体を風魔法で、器用に空中のスライムの周囲へと巡らせる。

「さすがセラだな。あれだけの精度の高い風魔法を使えるのはエンデンス大陸でも彼女だけだろう」

威力という面では他のメンバーより一段落ちるかもしれないが、彼女の風魔法における器用さというのは、実は他が追随できないレベルなのだ。そして、それが今回、奴を倒す契機を作り出す！

「あの、先生。バシュータさんが投擲したのって、もしかして……」

「ああ、そうだな」

俺は少し笑って言った。

「俺たちの人形《デコイ》だ」

バシュータはアイテムボックスを持っていないはずなのだが、どうやっているのだろう。彼は仲間になってから、最も実力が伸びた一人であることは間違いない。

とはいえ、その人形《デコイ》は実物よりもかなり小さいし、造形もそれほど似ているわけではない。

だが、50メートルを超える巨軀を持つモンスターが、そんな大小を把握できるわけがない。

そして、造形の詳細は、今まさにセラが高速で人形《デコイ》を回転させているために、判別は不可能だ。

ならばスライムが次にする行動は決まっている。

『ゴオオオオオオオオオオオオン!!』

体当たり。いや、捕食だ!

人形《デコイ》を追撃しにきた俺たちだと思い、カウンターを喰らわせたつもりになる。

だが、それが人形《デコイ》であると気づいたときにはもう遅い。

これは刹那の攻防なのだから。

奴が捕食したのが人形《デコイ》だと気づいた瞬間には、既に準備は終わっていた。

フェンリルとエリスだ。

「腕がなるのう、エリス。こうして主様のもとで戦うのは胸が躍るであろうて?」

「否定はしません。それよりもう撃てるのですか?」

「無論よ。そなたを待っておるのよ」

「私もいけます。ここはパートナーにいいところを見せるチャンスですので。第1種兵装兵器……」

「そなたのその正直なところはとても良いと思うぞえ？」

「【E・テネリタ】発射」「雷神の怒り《ドンナー・ゴッツ》!!」

エリスの背中には翼が形成され、両腕を上げるとその間にマナを収束させて行く。バリバリという裂ぱくが響き渡り、魔力が放電する。銀色のエナメル質の身体を持つ無機質なオートマタが、水色の髪をたなびかせる姿は最初見た時と同じく美しい。その唇は淡々と魔力放出を宣告する。

片や十聖の獣フェンリルは、青白い光沢をまとう獣の姿にて巨大な口腔を開き、バチバチと帯電するかのような、高密度の魔力を凝集、発射した。

『カッ!!』

ゴオオオオオオオオオオオオオオオオオオオオオオオン!!

本来ならば瞬時に融解するほどの熱量がジェネラル・ヴェノム・スライムへ直撃する！

だが、その熱線を浴びても、奴にとっては致命傷ではなかった。

その巨軀を宙に浮かべたまま徐々に押されてはいるものの、ダメージ自体は無効化されているのだ。

「は、はわわわ。ア、アリアケ皇帝。まさかとは思いますが、こ、こここここれって、これって……！」

「落ち着け、落ち着け」

眼前の余りにスケールの違う戦いに腰を抜かしかけているパウリナを宥《なだ》めつつ、俺は彼女の質問に端的に答えたのである。

「まさかも何もないさ。無論、すべて」

俺は聖杖を掲げながら言った。

「計算通りだ」

俺がそう言った瞬間、スライムに対する攻撃が急遽止む。そしてジェネラル・ヴェノム・スライムが自由落下を始めるが、その真下にいるのはメア・ミノタウロスだ。

ドオオオオオオオオオオオオオオオオオオン!!

その衝撃は相当なものだろう。

ただ、

「ブモ、ブモモモモモ」

「ゲ、ゲ、ゲ、ゲ、ゲ」

両者は健在であった。そして、ここまでやって碌なダメージを与えられなかったこちらを嘲笑うような声が漏れていることが分かる。

しかし、

「馬鹿だな、四魔将」

俺も同時に嗤う。その声はなぜか良く響き、２体の化け物にも届いたようだ。

「グオオオオオオオオオオオ!!」

それは魔力を伴った怒気として、突風を起こす。

だが、俺は淡々と宣告する。なぜならそれが強者のできる唯一の憐れみだからだ。

「言ったろう、強さに恵まれただけの愚者たちよ。魔大陸の最強程度で俺に勝てるわけがない。むしろ、お前たちのような強さを活かせぬ者たちに、過ぎた力がもたらされたことが哀れだ」

「グオオオオオオオオオオオオオオオオオオオオオ!!」

更なる怒りの声が彼らから上がり、起き上がろうとする。

だが、

「真実を聞き怒りをたぎらせるほど見苦しいものはない。それに、既に戦いは終わっている。馬鹿と言った理由はな、敗北者は負けてからあがこうとするからだ。だからお前たちが俺に勝てる道理はない、永遠にな。サイス」

「かしこまりました。アリアケ皇帝。これよりオートマタ５００体によるギルテル形態での……」

彼女もまた、２体の巨大モンスターの状況を見定めながら言った。

「永久封印を行います」

あらかじめ指示を与えておいた彼女の行動は迅速であった。

重なり合った２体の巨軀を数百本の白い帯のようなものがグルグルと包み込んでいく。

「ブモオオオオオオ！」

「ゲ、ゲ、ゲ、ゲ!!」

最初は余裕もあったのだろう。いくつかのギルテル《帯》は破壊され、引きちぎられる。

だが、多少破壊されてもそれらは継続して動き続けた。

エリスたちと同様、可変体である彼女らは多少の攻撃を受けたところで致命傷にはならない。

それどころか、伸縮自在性もあるため、中に収められた対象がいくらもがこうとも、手ごたえがないのだ。

「ブモ、ブモモモモモ!?」

「ゲ、ゲ、ゲ、ゲ、ゲ!?」

いかに強靱であろうとも。あらゆる攻撃を無効化しようとも。

この魔大陸の管理スタッフたちはそれ以上に柔軟であり、何より数は無数に近いほどいる。

今、ここにいる数百体ですら、先ほど聞いたところほんの一部らしい。

ついにギルテル《帯》の一部を引きはがすことが出来なくなると、後は次々とギルテル《帯》が重なり包み込んでいく。

「先ほどのご主人様らへの攻撃力などは既に計測済みです。１０００体のギルテル《帯》で包み込めば、永久に内部から破壊することは不可能でしょう」

「そうか」

「そして、これは推測ですが。ジェネラル・ヴェノム・スライムは同空間にいるメア・ミノタウロスをそのうち捕食するでしょう。と、同時にスライムには毒素とその巨軀を活かした攻撃以外に脅威となるものはありません。オートマタにはどちらも無効化可能なものです。無害化まで数百か数千年か分かりませんが、オートマタにとっては大した年月ではありません。意識を切り離して活動することも可能ですのでご心配も不要です」

「ああ、そうじゃなければ違う作戦を考えて勝つようにしていたさ」

「そ、そうですか。い、今のは上がりました」

「？」

よく分からないので首を傾げるのと同時に、

「ブモオオオオオオオオオオオオオオオオオオオオオ!?」

「ゲゲゲ!?　ゲゲゲ!?　ゲゲゲ!?　ゲゲゲ!?　ゲゲゲ!?　ゲゲゲ!?」

四魔将2体の断末魔が聞こえて来たのだった。

白い球体と化した四魔将は、これから数百年以上に及ぶ半永久の封印により倒されることになる。

「とにかくありがとう、サイス。それにみんな。君たちのおかげで四魔将を倒すことが出来た」

俺がそう言って微笑むと、サイスは頷く。

その後、彼女は戻って来たエリスとデュースの方を向いて言った。

「えっと、すみません、ちょっと同期不可能な領域が出来てしまいました」

「そうですか？　ですが、私は平気ですから、あらゆる情報は同期すべきだと思います」

「えっと、私は、まぁ、分かる。だから全部同期しなくてもいいいんじゃねえかな」

淡々としたエリスと、少し顔を赤らめがちなデュースが対照的であった。

会話の内容は正直よく分からないが。

ともかくこうして、最後の四魔将たちを、サイスたちアーク維持管理要員たちの力を借り打倒したのであった。

7、方舟の起動　～汝、星と共にあれかし～

四魔将の最後の2体を討伐した俺たちは、サイスたちの案内でアークの心臓部へと進んで行く。

案内の最中にサイスが申し訳なさそうに言った。

「ご主人様。サイスたちはアークを破壊しようとした四魔将を撃退するために協力関係を結びましたが、本来は中立の立場となります。これ以降は手を貸すことはできませんがお許しくださいませ」

そう言いながら深々と頭を下げるが、俺はちょうど撫でやすいところにある奇麗な黒髪を撫でながら言った。

「当然のことだ。むしろ、四魔将の出陣のさせ方を明らかに間違えたレメゲトンの戦略ミスだな。魔大帝から落伍者へと落ちぶれたのも頷ける」

「この扉の向こうが制御室《ブリッジ》。この惑星脱出用星間横断仕様型浮遊艇アークの制御室となります」

「扉の模様、私の胸の紋様に似てる？」

そうパウリナが言った瞬間、彼女の胸元から赤い光が発せられる。だが、扉は開かない。

しかし。

「……アクタ……エスト……ファブラ……ケッテン……デス……クラウス……アーク……」

「パウリナ？」

「あっ、わ、私は何をっ……！」

「パウリナ様に刻印された神言です。意味は『門は開かれた。死の鎖よ無意味となれかし』。アークの心臓部であるブリッジに入るための鍵の一族。その中でも一人にしか受け継がれない唯一無二の徴《しるし》です」

「そ、そうなんですか。鍵って言われていたので、穴に差し込まれてぐりぐり回されるのかと思って緊張していました!?」

「そんな宇宙船で惑星を脱出するのは嫌なのじゃ!?」

コレットが悲鳴を上げていた。

「ほら、開きますよ～」

アリシアの声に、全員が扉の向こうを見る。

そこは一面の草原だった。

恐らく空間が歪曲《わいきょく》しているのだろう。

草原の中にはポツンと、魔大陸の心臓と思われる紅色のクリスタルが台座の上に浮遊している。

そして当然ながら、その横には、

「待っていたぞ！　僭帝アリアケ・ミハマ！」

怒気に満ちた表情で、こちらを待ち受ける一人の男。

かつて、この魔大陸の大帝だった男の成れの果て。

「犯罪者レメゲトンか」

俺が蔑む視線を向けると、相手はギリギリと奥歯をかみしめながら叫んだ。

「大逆者は貴様だ！　誰もお前を魔大陸の盟主などとは認めていない！　俺がこの大陸を統一し、そして!!」

奴は宣言するように言った。

「惑星の後継者たちを引き連れ、宇宙へと脱出させる！　邪魔はさせんぞ、アリアケ・ミハマぁあああああ!!」

俺は奴の言葉を聞いて、フッと嗤う。そして、一言呟いた。

「汝《なんじ》、星と共にあれかし」

「なに？」

俺の言葉の意味を理解しかねて、レメゲトンは微妙な表情を浮かべたのである。

「汝、星と共にあれかし。分からないのか、レメゲトン。既に偽神ニクス・タルタロスは俺たち賢者パーティーが討伐した。当面の脅威は既に俺が葬った。今更魔大陸でこの惑星を離れる必要はないのではないか？」

その言葉に、レメゲトンは馬鹿にしたように鼻を鳴らす。

「何を言いだすかと思えば！　そのような事情はとうに知っている！　女神がこの魔大陸を認識せず、最後の切り札として惑星脱出艇として創造した経緯も全てな！」

「そこまで理解しとるのに何で出て行こうとしとるんじゃ！」

コレットがもっともな言葉を放つが、レメゲトンはやはり嗤い続ける。

「そこのパウリナと違って、俺は魔大陸が生み出されるのと同時に生まれ、常にこの大陸と共にあった。ポッと出のアリアケ、貴様などとは年季が違う。女神がいまだにこの魔大陸の機能を停止せずにいるのは、惑星脱出することを望んでいるからだとなぜわからない。それに、パウリナから聞いた話によれば、お前たちは休養中の女神と邂逅《かいこう》している。その際にパウリナとエリス女王、貴様らは認識されなかった。それはすなわち、女神がこの魔大陸を依然として、惑星脱出用の切り札として認識している証拠だ」

ならば、とレメゲトンは続けた。

「女神の意思に反しているのは。星の意思に反しているのは、この魔大陸を女神の意思に従い起動しようとする俺を邪魔する貴様らだということになる。僭帝アリアケ、貴様こそが神に逆らう大逆罪を犯した大犯罪者に他ならない。そして、他の者たちも同罪であることは明白である!!」

奴は嘲笑うようにして言う。

「反論があるか？　あるならば聞いてやろう。大逆罪を犯す星の敵どもよ」

なるほど、さすがかつて魔大帝をしていただけあって、威厳らしきものが醸し出されている。

だが、

「やれやれ、レメゲトン。お前は馬鹿だな」

俺は肩をすくめて、呆れた声を上げた。

「はっ！　何を言うかと思えば、言うに事欠いて程度の低い罵倒か」

嘲笑を浮かべるが、俺はそれに対して同様に肩をもう一度すくめる。そして言った。

「だから、馬鹿だと言っているんだ。どうして俺に対して、魔大陸の未来に関わることを問う必要がある？」

「な、なに？」

俺の言葉の真意が分からないのだろう、怪訝《けげん》な表情を浮かべた。

「やれやれ。本気で分かっていないようだな。お前は女神に創造された魔大陸の鍵なのだろうが思慮が余りにも浅い。教えてやろう。女神が言外に語る事実を。そもそもどうしてパウリナとお前と言う2つの鍵を用意していたと思う」

「むっ……！　そ、それは……。今はそんなことは関係ない」

「馬鹿が。お前に見えないことこそが最も大事な真実なんだ。不明であるならば、黙って聞け、レメゲトンよ」

「ぐがっ……！」

屈辱に咽ぶ声音を漏らすが、構わずに俺は言葉を紡ぐ。

「お前はパウリナが鍵の予備だと考えていた。更に、アークの一部の機能を行使するにはパウリナが必要だと考えていた。だからこそ、パウリナをさらい情報を引き出そうとしていた。だがな、あの女神イシスはそんな細かいことをする奴じゃない」

「女神相手に分かったようなことを！」

「まぁ、直々に代理を頼まれているのでな。魔大陸の皇帝の座程度に拘泥《こうでい》するお前の気持ちが、実は俺にはよく分からん」

「なっ！」

俺はいらだつ相手に逆に冷静に事実のみを告げる。

「だがパウリナは予備などではない。単独で鍵としての機能を有しているのは、サイスに確認している。では、なぜ予備ではないのか。お前と機能が同じなのか。……それはパウリナがごく普通の寿命を持つ、ただの人間の少女であり、一方のお前が千年を生きる魔大陸の化け物であることを考えれば自ずと答えが分かる」

俺の言葉に、

「ああー、分かりました！」

「わしも分かったかもしれん！」

「先生、ボクも分かりました。あの女神様らしいですね！」

「あれは変わった神性ゆえなぁ」

4人の声が響く。

それと同時にエリス女王も納得の声を上げた。

「星と共に生きるのか。それとも惑星外へ逃げ出してまで生き延びるのか。最終判断は魔大陸に住むヒトビトに委ねた、ということですね」

その言葉に、

「そんな馬鹿なことがあるか！」

レメゲトンの怒声が響いた。

「ふざけるな！ これだけの準備をしておきながら、最後の判断はヒトに委ねるだと!? 星の未来がかかった選択をそんな曖昧にする訳がない！」

「レメゲトン、惑星外での生活は恐らく過酷なものになるだろう。アークは無論、そのための機能を搭載しているはずだ。だが、星に根差して生きることと、宇宙で生きることは全く違う。多分だが、どちらも絶滅する可能性は同じくらいある。宇宙での生活に慣れることも出来ず、あるいは不慮の事態で滅びることも当然ありうるだろうさ。だからこそ最終判断は今生きる様々なヒトの想いに委ねることにした」

「何を根拠にそのくだらない説を吐く！」

「パウリナの一族がその最終判断をするための存在。すなわちこの星に。この大地に根差して生きる普通の人間としてあえて生み出されたからだ」

「!?」

レメゲトンはハッとした表情になる。

恐らく、今までこの魔大陸を支配し、アーク起動の判断も全て自分に優先権があると思っていたはずの彼にとってみれば、それは青天の霹靂《へきれき》であったろう。

「レメゲトン、お前が千年を生きる魔大陸の支配者として生を受けた存在ならば、彼女たち一族は魔大陸に生きる……いや、星の大地に根差し生きる者だ。ゆえに、お前の一存でアークを起動することは許可出来ない」

「お前に許可などとっ……！」

「俺は星の代理人であり、お前たち魔大陸、アークの鍵の判断を見守る者だ。控えろ、今お前がすべきことはパウリナの意見を聞き届け、起動するかどうかを吟味することだ。上位者である俺につまらぬ口をきくことではない」

「ぬううううう！」

ギリギリと唇から血をしたたらせるほど悔しがるレメゲトンであるが、俺は優しくパウリナに言葉を促す。

「パウリナ、君はどうしたい？　偽神は打倒し、星の未来を作るための学校も運営し、将来の人材も育成はしている。だが、将来また邪神の類《たぐい》が襲来することは否定しない。だから、レメゲトンのしようとしていることに理がない訳じゃない」

「わ、わわわ、私が決めるんですかぁ!?　ほ、本当に私はお芋を育てるのが得意なだけの一般人ですよぉ!?」

「そんな一般人の君が勇気を振り絞って、俺たちについて来た。そんな君の意見が聞きたい」

彼女はオドオドと、いつも通りに冷や汗をぐっしょり掻き、どこか隠れるところを探す。だが、ここは草原だ。隠れる場所などなかった。

なので、彼女は観念したように言葉を発したのだった。

「い、家に帰りたいです……。やっぱり、自分の家が一番落ち着きますもん。生きていたって、生きた心地がしないのはもう勘弁です。へ、へへへ……」

「最後までパウリナちゃんだったね。でもその意見はこのミルノーちゃんも賛成だよ！」

「正直でいいと感じましたがデュースはどうですか？　私は、オートマタ種族の女王として、彼女の言葉を支持します」

「ふん、女王がいいって言うんなら、補佐が言うことは何もないね！　それに私も雑務が国に沢山残ってるんで、早く帰りたいのは同感だ」

「ふむ、魔大陸の住人の意見はよく分かった。なるほど、自分の家《星》が一番落ち着くか」

俺はパウリナの意見に微笑んで頷く。

「言われてみれば当然の話か。ふふ、賢者を称しているというのに一本取られた気分だ」

俺はそう言ってパウリナの髪をくしゃくしゃと撫でたのであった。

「では、アー君？」

「ああ」

俺は裁定を下す。

「星の代理人として決定する。アークの鍵の双方の意見を聞き、パウリナ・アルス・サロモニスの意見を採用することとした。アークを起動することは許可しない！」

もちろん、女神が数十年後に起床した際にまた違う判断をするかもしれない。

だが、今俺がすべき決定はここまでだ。

未来にどんな災禍が再び起こるかなど分からない。

だが、その時はその時で、他の誰かが俺に代わって、この星を守るために奮闘するだろう。

それだけの話だ。

そして、それでいい。

それがパウリナの言った、自分たちの星で生きるということなのだから。

俺はそう結論付けたのだった。

しかし。

「許さん！　許さんぞ！　俺は方舟を起動させる！　アークの皇帝として君臨し、全てを支配するのだ！　そして!!」

レメゲトンは叫んだ。

「他の星！　他の星系！　銀河を支配する！　新しい神に俺はなるのだ！」

レメゲトンは突如、自分の心臓に腕を突き立てる。

鮮血が舞う。

「邪魔はさせんぞ、アリアケ・ミハマ！　星の番人よ！」

そう断末魔を上げながら、台座の上のクリスタルに自分の心臓を埋め込んだ。

「方舟よ、起動せよ!!」

ゴゴゴゴゴゴゴゴゴゴゴゴゴゴゴ!!

突如、大地を震撼させる振動が俺たちを襲ったのであった。


「魔大陸が……。アークを起動させたか。己の心臓をコアシステムに直接接続させて制御を無理やりのっとるとはな。だが……」

俺は淡々とその光景を見つめながら言う。

「本物の愚か者だったな、レメゲトン。お前がアークを起動させたかった目的は女神の意思を汲んでのことではなかった。お前は奇麗ごとを口にして皆をだましていた。その真の目的は自分こそが神となり遍《あまね》く星々を支配することだ」

「今さら気づいても遅い！　こんな星にもはや未練などない！　霧のカーテンが晴れ、錨《いかり》が上がった今こそ、俺はこの千年の悲願を達成するのだ‼　見ろ‼」

ドゴオオオオオオオオオオオオオオ‼

凄まじい轟音と、上昇による圧力が俺たちにのしかかる。

「スキル《浮遊》《全体化》を発動。全員これで重力と相殺出来ているな？」

俺は周りを見回す。

が、

「おえええええええ！　ぎもぢわるい‼」

「おえええええええ！」

勇者ビビアとパウリナが同じようなリアクションをしていた。

この二人はとりあえず見なかったことにする。他は大丈夫そうだしな。

そんな間もレメゲトンの言葉は続く。

「はぁ、はぁ。我が権能とは即ち『支配』！　俺の血をのませることで四魔将をも支配したのだ！

ただの獣であった奴らすらもな！　ゆえにアークの制御のために我が心臓を捧げる‼」

「お前自身が方舟となるつもりか」

「そうだ。そして俺に従わぬ異分子は排除する。まずは大賢者アリアケ・ミハマ。そしてその部下ども」

「俺は部下じゃねえ！　おえ！　俺は最高勇者ビビア・ハルノア様だ！　おええ！」

「船酔いしながらでは威厳がありませんわねえ」

「うぜえなぁ。ほれ、激辛の酔い止めをくれてやるよ。ちなみにレッドペッパーの1万倍辛《から》いけどね、きひひひ！」

「なんでそんなものを持っているんだ……」

エルガーが呆れた声を上げた。

勇者パーティーが回復作業をしている間に、レメゲトンの肉体はドサリと倒れる。

その代わり、今まで深紅に染まっていた美しいコア・クリスタルが、どす黒い光を放ち始める。

「ご主人様、残念ながら私たちはここまでです。これ以上はレメゲトンに私たちの思考システムを侵食されます。停止状態に一時的になりますので、終わったら起こして頂けますか？　せっかくのクライマックスなのに、残念無念ですが」

「エリスたちもか？」

「いいえ」

サイスは苦しそうにしながら微笑む。

「最外殻仕様オートマタは、アークとはあえて切り離された自律制御システムを持つ個体です。最後までご主人様の助けになるでしょう。うらやましいです」

「分かった。君たちには助けられた、礼を言う」

「もったいないことでございます。我が母のパートナー様……」

彼女はそう言うと、停止状態になる。恐らく他の基本素体も同じだろう。

ドオオオオオオオオオオオオオオオン!!

更に衝撃音が轟く。

ブリッジの草原の風景は消失し、狭い部屋へと変わる。と、同時に、一瞬にしてその壁面に無数の穴が形成された!!

「ブリギッテ!」

「はいはい、聖域の盾《セイクリッドサークル》!」

「ビビア! そろそろ行けるだろう! 《無敵》付与!」

「辛いいいいいいいいい! 魔王いい加減星剣を返せやああああああああ!! うらああああああ!! 痛みを忘れるには何かぶっ潰して誤魔化すしかねえええええ!」

ブリギッテの展開した防御結界に、壁面から高威力の魔弾《バレット》が乱れ撃たれる!

それらを円状に展開されたシールドによって、ブリギッテは全弾跳ね返した。

「俺より威張ってんじゃねえぞ、この犯罪者ごときがあぁああ! てめえが神なら俺はもっと偉い何かだああああああああ!!」

ビビアは壁面に突っ込むと、魔王から取り戻した星剣により、バレットの射出口を次々に破壊してゆく。

「さすがビビアだな。窮地に陥った時、仲間を救うために何十倍という力を発揮している」

「プララさんの香辛料が効きすぎてるだけな気がしますけどね〜。後で絶対へばるパターンなような気がしますけどね〜」

横でアリシアが苦笑しながら、周囲を観察してアドバイスを俺に伝える。

「この部屋は狭すぎますね。ここは既にレメゲトンの体内のようなもの。外の方がまだ戦いやすそうです」

「そうであるな。我も変身するにはちと手狭であるなぁ」

「ああ、外に出よう。おーい、行くぞ、ビビア」

「辛いいいいいいい！」

俺たちはブリッジから脱出する。

と、次の瞬間。

ドオオオオオオオオオオオオオオオオオオオン!!

ブリッジが大爆発を起こした。

「次元切断《ディメンション・スピア》！」

ラッカライが次元ごと切除することで炎から俺たちを守る。

こうして俺たちは無事に市街区画まで戻って来ることに成功したのだった。

だが、そこは最初見た時の光景とは全く別のものになっていたのである。

エリスとデュースが分析結果を報告する。

「空が暗いですね。魔大陸に灯《とも》された人工灯によって明るさは保たれていますが」

「魔大陸に備わった魔力フィールドで包まれているので、空気などの心配はないようだな」

あっ、とセラが驚きの声を上げた。

「見て下さい、アリアケ様。青い星が頭上に見えます。そして、白い星がこんなに近くに。もしかして、これ、は……」

その言葉に俺は頷いた。

「俺たちの母星、惑星イシス。そして、その衛星である月《イルミナ》だ」

そう。

既に俺たちは魔大陸という方舟により、惑星を脱し、宇宙を飛翔していたのである。

「その通りだ。アリアケ・ミハマ。いや、宇宙の藻屑と消える儚《はかな》き者どもよ」

どこからともなく、アークと一体化したレメゲトン。アーク・レメゲトンの声が響く。

「この宇宙という我が胎《はら》の中で何もできずに死ぬがいい!!」

こうして、方舟そのものとなったレメゲトンとの、宇宙における最後の戦いが開始されたのであった。

「くくくく！　今やこの惑星脱出用星間横断仕様型浮遊艇。すなわちアークこそが、この俺魔大帝レメゲトンそのものだ。その体内にいる貴様らに勝ち目はない!!」

「ほう、そうなのか？」

「その余裕がどこまで持つかな？　この方舟は宇宙でもし再び邪神と遭遇した際でも戦える力を備えている！　このようにな!!」

瞬間、アーク市街区画全域を覆うほどの大きさのレメゲトンの顔が現れる。

「それがアークとしてのお前の仮初《かりそめ》の肉体と言うわけか」

「その通りだ。喰らえ」

ゴオオオオオオオオオオオオオ!!

レメゲトンの口や目が赤く輝くのと同時に、高出力の魔力がほとばしる。

「街ごとやるつもりか！　ここはお前の守るべき魔大陸の住民が暮らす予定の場所だぞ!!」

「くだらん！　銀河大帝となるこの俺にとって、街の一つや二つどうでも良いことだ！　ましてや魔大陸の民など俺にひれ伏す存在でしかない」

奴はそう叫ぶのと同時に、臨界した魔力を放出する。

「思考する間もなく滅ぶが良い！　我は星を裂く者《ギャラクシー》、そして星を導く大神《レイヴァージ》！」

「全体へ命令！　5重防壁を展開する！　《無敵》付与《全体化》！」

「ラグナログ・パージ《原初の次元断》！」

「大結界『赤《アビス》』」

「対滅大結界！　絶対神層《ディスペル・アルテミシア》!!」

「地獄の氷盾《イージス・ニヴルヘイム》!!」

星の代理人、聖槍の使い手ラッカライ、現人神ブリギッテ、大聖女アリシア、魔王リスキスが防御スキルや魔法を瞬時に展開する。

カッ!!

白い光が周囲を照らしだし、余りの衝撃に音すらも死に絶える。絶対の熱量がアークの表層を焼き払った。

時間にして数秒。

だが、その数秒は恐ろしいほど長い。

そして、その光が収まった先にあった光景は、瓦礫と化したかつての美しい街と、煙があらゆるところで立ち上り、炎が大地を舐める地獄の光景であった。

「ふ、耐えたか？　だが、それがいつまでもつかな？」

レメゲトンの頭部は嗤いながら、真上から正面へと移動してくる。その巨大な顔は彫像のようであり、表情はぎこちなく動くために、不気味この上ない。

「油断したな、レメゲトン、おらあああああああああ!!」

「ほう？」

隠れてこっそりと後ろに回り込んだ勇者ビビアが不意打ちを喰らわせる。

その攻撃は確かにレメゲトンの後頭部を何度も切り裂いた。

だが、

「愚かな。銀河大帝レメゲトンの力をまだ理解出来ないのか。卑小《ひしょう》な人間め」

瞬時にレメゲトンの目に魔力が凝集する。

「ビビア！」

「分かってる！　うっせーんだよ！　アリアケぇぇぇ！」

ビビアは罵倒の声を上げながら反応する。

「避《よ》けるなっつーんだろうが！　このクソボケが！　死ね！」

「な、に？」

意外だったのだろう、レメゲトンが訝《いぶか》し気な声音を上げる。だが、既に臨界に達した熱線を止めることは出来ない。

「ふ、余計なお世話だったな。エルガー」

「だから分かっていると言っているだろうが、アリアケ！　勇者を守るのはこの筋肉の見せどころなのだ！」

フラストレーションを発散するかのように、エルガーは自慢の筋肉を見せつけるようにして、ビビアの前に立ちはだかり、盾を構える。

「《防御力アップ》《鉄壁》《護国の盾《イージス》》付与」

カッ!!

ビビアを狙った一撃は先ほどよりも熱量が凝集しており、もはや人智を超えた威力を誇る。

だが、

「アチー！　くそが！　くそが！　くそがぁああ！　このヘボタンクがぁ！　てめえなんてクビだ！　全部完璧に防ぎやがれえ！」

「黙れ、俺に守られておいてよくそんなことが言えたものだ！　このクズ勇者が！　今やDランク冒険者の癖に!!」

「おのれ。なぜだ。どうして我が魔力がこんな男一人に阻まれる道理がある!!」

レメゲトンが理解不能とばかりに絶叫するが、その答えは余りにも簡単だ。

「そんなことも分からないようでは、銀河を支配することなんて出来ませんよ～、レメゲトンさん？」

「なんだと。またしても人間風情が……」

アリシアの声にレメゲトンが声を上げる。

だが、

「ほら、それが間違いなんですよ、レメゲトンさん。あなたは魔大陸に引きこもっていたから世界が小さいんです。勇者パーティーはアリアケさんの手下となって、これまで偽神ニクス・タルタロス、そして本物の邪神ナイアさんとも戦い、勝利してきた猛者《もさ》なんですよ～？」

「手下じゃねえええええ！」

「つまり、何が言いたい！」

アリシアはビビアの声は無視しつつ、宣言するように言った。

「彼らもレベルアップしているんですよ！　それが私たち人間の最大の固有スキルなんですから！　神にしても、神もどきにしても、そんな規格外の存在を2体も相手に戦闘しておいて少しも強くならないわけがないんです。精神レベルはともかく！」

その言葉にローレライが、

「アリシア様もなかなかの毒舌ですね～」

と感想を漏らしていた。

だが、その通りだ。神の他にも悪魔とも戦い、師であり神の代理人である俺とも何度も戦っている。

その過程は決して無駄ではないのだ。

彼らが成長すると確信したからこそ、俺は勇者パーティーからあえて追放されたのだから。

「デリア！　プララ！」

「ちょっと、馴れ馴れしく名前を呼ばないで頂戴！」

「はぁー、邪魔くせえ!!」

デリアとプララも死角から攻撃を開始する！

「デリアへ《クリティカル威力アップ》付与。プララへ《魔神の血脈《魔力量大アップ》》付与」

「銀河大帝だか知んないけど、あんた油断しすぎなのよ！　死にさらしなさい！　ハネムーンは宇宙でなくて、海の見えるビーチの予定なんだから！　《祝福された拳》極拳！　《火流星の渦》《メテオ・シュトローム》！！！」

「あたしはどうでもいいけど、ネイルを見せる男もいねえこんな舟は無価値なんだよね。さっさと沈めよ、世界崩壊狂熱地獄《アザエル・インフエルノ》!!」

「ぐおおおおおおおおおお!?」

デリアの攻撃一撃一撃は、世界で唯一の防御無視攻撃であり、炸裂するごとにレメゲトンの顔面を削り取るごとき削岩マシンと化す。

同時に、その抉れた箇所を狙いすましたかのように、プララの魔法が突き刺さった。

「いたそー！　ゲラゲラゲラ！　雑魚がいきがるからだよ、バカが、死ね!!」

「ですわ。おととい来やがれですわ。おーっほっほっほっほ」

「お前らはもう少し口を慎むことはできんのか……、ふぅ」

高威力の攻撃にさらされたレメゲトンの攻撃が止み、人心地ついたエルガーが苦言を呈す。

「馬鹿が！　俺の出番がねえじゃねえか！」

「いいじゃないのー。エルガーの後ろで、ウプププ。隠れて震えてたってプププ。歴史書にそう記録してもらえばアーハッハッハッハ！」

「んぎい！　そうは行かねえ！　とどめを刺すのは俺だぁ!!」

「よせ、ビビア！　大将首を狙いたい気持ちは戦士としては分かるが、まだそいつはっ……！」

「うっせえ！　勇者ビビア伝説はここから始まるんだ。せめてCランク冒険者に上がるんだ!!」

そう言って、眼から光を失い、気絶して大地に転がるアーク・レメゲトンへ近づく。

「首を取る……っつっても、首がねえじゃねえか。くそが！　雑魚のくせに手間ばかりかけさせやが
……」

「それは貴様のことか？」

「え？」

「危ないですわ!!」

ドン！

気を失っていたというより、単に行動原理の修正を行っていたのだろう。アーク・レメゲトンは再起動するやいなや、口腔より黒い閃光をビビアに向かって放つ！

直撃は死を免れない。

しかし、デリアがビビアを突き飛ばした。それによってビビアは射線から外れる。

だが、

「デリアー!!」

その射線上には代わりにデリアがいる。

既にスキルは切れている。

「まずは1匹」

そんな言葉をレメゲトンの目は語っていた。

「大結界っ……！」

「いや」

「アー君？」

俺はアリシアを止める。

なぜなら。

バキイイイイイイイイイイイイイ!!

「ぐおおおお!?」

どこからか強力な一撃がレメゲトンを殴打した。

その反動によって射線が大きくずれ、焔《ほのお》におおわれる市街地を切り裂くように横断した。その横断した場所からは次々に大爆発が巻き起こる。

「今度は、何だっ……！」

不機嫌をあらわにしてアーク・レメゲトンが言う。

だが一方で、

「呼ばれたからパーティーに来てみただけである！　誰かと思えばやはりアリアケにションベン太郎ではないか。わっはっはっは！　相変わらず千年後も盛大な祭りを開催するとは余念がないな、そなたらは!!」

その声は陽気に満ちていた。

「は？」

「え？」

「ま、まさか……」

「え、マジ？」

ビビアにデリア。エルガーやプララの唖然とした声が響く。

やれやれ。

「助けに来てくれたのか、冥王」

「こらこら、旧《ふる》い名で呼ぶでない。まるでそれでは我が邪神のようではないか」

彼女はかつての赤い髪、赤い瞳、深紅の鎌……ではなく。

美しい銀髪、アイスブルーの瞳、そして白銀の鎌を持つ姿を現しながら言った。また、姿こそ少女だが、その大きさはアーク・レメゲトンに負けない巨人である。

「我は月の女神。イルミナと呼ぶが良いぞ、大賢者アリアケ！」

邪神から惑星イシスの守護星となった女神イルミナは、そう言って快活な笑みを浮かべたのであった。

「可能性はあると思っていたが、助かる。宜しく頼む」

「うむ！　ま、とはいえ、あんまり魔力を貯蔵できておらぬのでな。千年前のようなことは出来ぬのでそこは容赦するがよい！」

ナイア。いや、イルミナが堂々とそう言う。

だが、何はともあれこれで。

「役者は揃ったな」

惑星イシスの最強戦力、そして協力してくれる別の星の女神。

これが今、星をあげて結集できる最大の戦力なのだから。


「ふん、しょせんは惑星イシスにも及ばぬ月の神。これより銀河を支配する大神となる俺の敵ではない」

「ほう！　なかなか良いではないか。その調子で我が上司とも戦って打ち破って欲しいところであるが」

イルミナは嗤いながら言った。

「人材を粗末にしている点で失格である。そなた一人で戦って勝てるくらいなら、我一人だって勝てておるわ！」

「自分の弱さを棚に上げてよく言ったものだ」

「ふふん、弱さを認めて強くなるのだ。あるいは協力をするのだぞ、小童《こわっぱ》よ。その程度のことも分からぬか。そこなションベン太郎ですら悟っておる事実だというのに」

「俺は最強だ！　だから俺を慕って下僕どもが沢山集まってくるだけだ。俺を楽にさせるのが下僕どもの役目だからなぁ！」

「うーむ、口汚いのでドン引きで同意をためらうなぁ。であるが、そういうことである。人を否定するそなたは絶対に行き詰まる。要するに楽をしないのは支配には不向きな証拠である。かつての邪神が断言しよう。この舟に未来はないと！」

「ほざけ。銀河の大神となる俺を前に不敬である‼」

だが激高したアーク・レメゲトンは姿を消す。

「ふむ、気配はないな。だが、予想は出来る。バシュータ、フェンリル、どうだ？」

「性格から言えばアレはねちっこい奴です。だから一番嫌な方法で攻撃してくるでしょうぜ」

「であるなぁ。まぁ、こういう時に外道《げどう》がやることは決まっておるぞえ」

なるほど、それはつまり。

「人質か」

俺がそう察した瞬間、無数の影が宙に現れた。

「そんな……」

セラの信じられないという声が響く。

さもありなん。

「サイスたちか。機能停止しているものを、無理やりプログラムに介入し行動させている訳か」

ゆえにサイスたち自身に意思はない。

レメゲトンの声がどこからともなく響く。

「協力と言ったな。くだらん。そんなものは弱点でしかないことを思い知れ。四魔将を倒すために共闘した素体たちを破壊し、その協力や仲間といったものが、いかに脆《もろ》いか、その身をもって知るが良い！」

「来るぞ！」

「数が多いですねえ。お姉さんは十で数えるのをやめてしまいましたよ」

「ブリギッテ様、千はいますので、せめて百くらいまでは数えて頂けると助かります」

そんなブリギッテとアリシアに、

「お二人とも来ますよ」

ローレライが冷静に状況を報告する。

「「はいはい」」

ドゴオオオオオオオオオオオオオオオオオン!!

突っ込んで来た基本素体は、躊躇なく攻撃を仕掛ける。

それを二人の聖女が、生身で受け止めた。

「十くらいは大丈夫ですけど、百となるとやや不安ですね、どうしましょうか、アリシアさん」

「とりあえずみねうちですかね～」

基本素体は帯状態ではない。だが、市街地を守るための戦闘能力はかなり高い。

一体一体が相当な強さであり、物量で押されれば不利だ。

「面白いのだ！　あてぃしを魔王と知っての狼藉《ろうぜき》かー！」

「魔王よ、恐らく聞こえておらんぞえ？」

「分かっているのだ！　とりあえずぶっ壊さないように頑張るのだ！」

「わしも頑張るのじゃ。手加減を！」

本気でやれば負けることはない。

だが、今は操られた人質に戦闘を仕掛けられている状態だ。

セラとミルノーも連携して防戦を行う。

「いやらしい攻撃ですね！　ウインド・ショット！」

「本当だよ！　素直で純真、天真爛漫な女王の私には理解できないよ！　チラチラチラチラ！　アイス・ストーム！」

「なんですか、今のアリアケ様へのチラ見は!?」

幸いながら早まってサイスたちを破壊する仲間はいない。

「ひいひい、こいつらつええええよおおお……」

「ぐおおお、おい、勇者しっかり戦え……。デリアは何をしている、プララもだ！」

「わ、私さっきので少し腰が抜けましたわ、おほほ」

「あたしは至近距離で戦うの苦手だし、ちょっとパス！」

勇者パーティーは互角のようで、そもそも破壊できないような状況のようである。

「先生、危ない！」

「おっと」

ギイイイイイイイイイイイイン!!

俺は聖杖キルケオンで防ぐ。操られている分、行動は単純だ。

サイスが俺を狙って来た。腕はブレードの形状に変化しており、直撃すればただではすまないだろう。

「先生から離れなさい！」

聖槍ブリューナクが煌めくが、それを大きく跳躍してサイスは躱した。

「我がパートナー、提案があります」

と、その時、エリスが声をかけてきた。

「一部同期した際に知りましたが、あのサイスは基本素体の統括素体です。あれが機能停止すれば全ての基本素体たちは行動不能になるでしょう」

「それは案外リスキーな機構をしているんだな？」

「本来ならば別の基本素体にその役割が引き継がれますが、今は不正アクセスを受けている状態なので、そのプログラムは発動しません。つまり」

彼女は淡々と言った。

「サイスさえ破壊すれば済みます。時に権力者は切り捨てる覚悟も必要と承知しています。同じオートマタ種族として、もし彼女が破壊されても私はパートナーを恨んだりはしない。どうでしょうか？」

ふむ。

俺は即答した。

「却下だ」

その回答にエリスは、

「そう言うと思いました。では成功確率の低い代替案《だいたいあん》を提示します」

彼女は後ろにかばっていたパウリナに目を向けて言った。

パウリナは意を決したように、前に進み出る。

そして言った。

「わ、わわわわわ！　わー!!」

「ふむ。俺ですら分からん。熱意は伝わるのだがなぁ」

「残念な少女ですからね。もう一度チャンスを上げましょう。ちなみにそれ以上時間がかかると、物量で押されて負ける可能性がグーンと上がります」

「ひぃ！　わ、私の心臓を上げます！　レメゲトンもやってたから、私にだって出来るはず！　いえい！」

ダブルピースをしながら言う。

極限レベルでテンパっているようだが、言わんとしていることは分かった。

「だが、それは難しいだろう。どうやって心臓を取り出す。あれは千年生きた化け物だ。君は違うだろう」

「信じてますから！」

チュッ！

「え？」

「は？」

「のじゃ!?」

俺はあっけにとられ、エリスは感情らしきものを瞳に浮かべ、そして偶々近くにいたコレットは驚愕の表情を浮かべていた。

いきなりキスされるとは思わなかったので、隙をつかれた。

そして、その隙をついてパウリナは行動する。

「さっきブリッジの扉を開いた時に、頭の中に色々な知識が流れ込んできたんです。だから今ならレメゲトンと同じことが出来ます！　アルリビ・アシェル・エイヌヌ・ラクコアフ・アーク！」

彼女の胸元。いや、

「全身に紋様が広がっていく」

「これが鍵として覚醒したパウリナの力ですか……」

アーク・レメゲトンはもちろん邪魔しようとする。

「基本素体どもよ、何をしている。奴を止めろ！」

サイスたちが一斉にブレードを槍に変化させ、投擲のポーズになる。

だが、一斉にその姿勢のままピタリと止まった。

「なぜだ!?」

「決まっているだろう。アーク・レメゲトン」

俺は微笑みながら言った。

「彼女がお前よりも上位の鍵。アークの艦長《キャプテン》として選ばれたからだ。いかに操ろうとも、彼女を傷つけることはサイスたちの原理上出来ない！」

「なっ!?　そんな小娘に、この大神たる俺が敗れたというのか!?」

レメゲトンは声を荒《あら》らげる。

「信じぬ！　ふざけるな！　俺はっ!!」

「今のうちだ！　パウリナ！　アリシアはこっちへ！」

パウリナは全身の紋様を輝かせながら詠唱する！

「私の心臓はただの器官ではなく、力を象徴するもの！　深部より生じた魂と生命力が宿りし果

実！」

その詠唱と共に、彼女の心臓が。

いや、

「さっき見たアークのコアのようなのだ！」

美しい赤色の宝石。まるで方舟のコア・クリスタルのような輝きを放つそれは、動きを止めたサイスに近づき、そしてゆっくりと吸い込まれて行ったのである。

そして。

ブシュウウウウウウウウウウウウウ！

サイスをはじめとする全基本素体が機能を停止し、空中から落下し始めたのだった。

「スキル《衝撃緩和》」

打ち所が悪いとただではすまないからな。

そして！

「アリシア！」

「蘇生魔術《ヘルツ・カイト》を使用!!」

「蘇生確率上昇のために、スキル《聖域の加護》を付与する！」

「パウリナさん！　死ぬのは大聖女の前では許しませんよ！　キスの言い訳聞かせてもらいますからねー!!」

温かく神々しい光がパウリナを包む。周囲には花弁が舞い、奇跡が顕現するのが視覚的に認識されているのだ。

そして。

「う……ごほごほ！」

パウリナが蘇生する。

「馬鹿な!?　そ、蘇生だと!?　そのようなことは神の俺にすら出来ぬのに！」

レメゲトンの悲鳴じみた声が聞こえてくるが、アリシアはフーと額の汗を拭うようにして笑顔で言った。

「少なくとも人を助けたいとも思わないあなたには不要な術ではないですか、アーク・レメゲトンさん？」

その言葉は皮肉がきいていて、俺は思わず吹き出してしまうのだった。

そして、同時に、

「おのれ！　舐めるなよ、たかだか人形どもを敗った程度で!!　神の怒りに触れるが良い!!」

レメゲトンの咆哮が魔大陸へ鳴り響いた。

8、破滅をもたらす大神

レメゲトンは再び、顔だけの状態で俺たちの前に姿を現す。

だが、その表情は先ほどまでの余裕のあったものではなく、怒りに満ちた憤怒の形相《ぎょうそう》と化している。

「許さぬ。どこまでもこの神たる俺を愚弄しおって」

だが、イルミナはそれに対して嗤いながら答える。

「そなた程度では荷が重いというのに。我が言うのだから間違いないぞ？　そなたは星に戻って畑でもいじって日々暮らすのがお似合いであると思うがな。とても為政者として有能には思えぬ。あ、これも女王やってた我が言うから間違いないぞ？　ぬわっはっはっはっはっは！」

「黙れ！　たかだか月の女神ごときが大言を吐くでないわ！」

彼女が元邪神であることを、レメゲトンは知らないのだ。

やれやれ、知らないことは幸せなことだな。

「ならば、これでどうだ！　しょせん、貴様たちは人間！　神たる俺と違い、宇宙で生きることは出来ぬ！　死ぬがいい！」

　まさか？

「魔大陸を。アークを包む保護フィールドを解除するつもりか？　そんなことをすれば魔大陸に住む生命全部が死に絶えるぞ。分かっているのか？」

「そんなことよりも、俺が勝利することが大事だ。生命など、またどこかの星で見つけ、増やせばいい」

「愚かだな。そんな神が人に認められる訳もない。神として歓迎され、世界が権能を渡すと思うか、レメゲトン」

「無論だ。強さこそがその証となるのだからな！　喰らうがいい、アリアケとその一行よ！　これで終わりだ!!」

　レメゲトンが再び消える。

　と、同時に。

　パン!!

「あやつ、まじで魔大陸を覆っていた3層あるフィールドのうちの一つを消滅させおった！　このままでは魔大陸の生命はすぐに消滅するぞ！　どうする、アリアケよ！」

　イルミナが言った。

「あれは破滅をもたらす神にはなれそうだな。邪神のようだ」

「あんな奴と一緒にするでないわ。我の格が落ちてしまうであろう！」

真剣に彼女が抗議する。

「じゃが、本当にどうするのじゃ、旦那様。あやつの言う通り、むき出しにされれば魔大陸の生き物たちはすぐに死滅するじゃろう」

「そうだな。魔大陸に来て知り合いも増えたからな」

「マーメイドのお姫様なんかは、なかなか離してくれませんでしたもんねー、アーくーん？」

「む、そうだった、かな？」

俺は頬をかく。

「それでアー君。もう作戦は出来ているんでしょう？　私の大賢者様？」

アリシアの。妻の信頼する瞳はいつも俺を勇気づけてくれる。

そして。

「うむ！　旦那様といればどんな窮地もへっちゃらなのじゃ！　我が唯一の乗り手である竜騎士様なのじゃからな！」

「はい、お姉様！　先生に出来ないことはありません！」

コレット、ラッカライも笑みを浮かべる。

「女ごころを理解すること以外はのう」

フェンリルがそう言うと、

「本当です。そろそろ上限人数を決めるべきだと思います。第99回女子会をしましょう、女子会を」

ローレライが応じた。正直よく分からないが……。

「我がパートナー、私はあなたを信頼している。だからあなたの言葉で命令されたい。さあ、何でも言いなさい。あなたのパートナーである私に」

「私もアナタの力になりたい……。えっと、別に他意はないけどな……」

「女王もね、ここは一つけっぱらないといけないなって感じだよ!! けっぱっていこう！　セラちゃん！」

「もちろんです。ファンクラブ会長として、アリアケ様の雄姿は全てこの瞳におさめなければ。そのためにけっぱるのは当然のことですとも！」

「あー、まぁ俺も頑張りますよ。旦那は先を見通し過ぎますからね。足元が心配ですから」

他の者たちも信頼を俺に向けてくれる。

「ありがとう、みんな」

俺は微笑む。彼らの信頼がなければ、俺は戦えない。

「俺自身に戦う力はない。全ては俺を信頼し力を貸してくれるみんなの力あってこそだからな。みんな力を貸してくれ」

「「「もちろんです」」」

みんなの声が一つになる。

「はっはー！　しゃーねーなー！　アリアケが俺に頼るんなら、ちーっとばかし力を貸してやるかー！　くあー、最強勇者様の力をいつも頼りやがってよー!!」

「ふ、そうだな。宜しく頼むぞ、ビビア。まだお前には大切な役割が残っているからな」

「へ、へへへへへ！　わーってるわーってる！　最後の一撃！　とどめはやはり最強最高勇者の俺の出番だよなぁ！　ぐへ、ぐへへへへへへ！」

「ダーリン、笑い方が邪神寄りですわ」

「うむ。それに俺たちも当然活躍できるのだろうな、アリアケ！」

「ネイルが割れない感じでよろー」

「もちろんだ。勇者パーティーのことは頼りにしている」

その言葉に、勇者パーティーたちも意気軒昂となる。

「ひゃーっはっはっはっはっは！　この星剣が火を吹くぜー！」

「大丈夫なのじゃ？　なんか最後操られてこっちに剣を向けて来るぐらいが関の山のような気がするのじゃが？」

「コレットちゃんの予感は未来予知なみに当たりますからねー。ヤっときますか？」

「やるなやるな」

俺は苦笑しながら止める。

と、その時。

バリン!!

「二つ目か。実質最後のフィールドだな。次が破られればこの方舟は終わる」

「ひ、ひぃ！　早く作戦を言いやがれれれれれ！」

「声が震えているぞ、ビビア。作戦と言うのは簡単だ」

俺は単純明快に答えた。

「星に方舟を『接舷《せつげん》』させる」

ただ、それだけだ。

「……はああああああああ!?」

理解できないとばかりの声が轟いたのであった。

～アーク・レメゲトン視点～

「くくく、後１枚だ」

俺は嗤う。

この方舟の制御はほとんど自分の手にあるが、無理やり制御を奪ったこともあり、命令がすぐに実行できない。

そのために、少し時間がかかってしまった。

だが結果は変わらない。

アリアケ・ミハマたちは結局、自分の体内にいる虫けらでしかない。

だから、俺が少し本気を出せば、すぐに排除できるのだ。

そう。

アークを覆うフィールド。宇宙と内部を隔てる強固な透明な魔力フィールド。

これがなければ、奴らは生きていけないだろう。

もちろん、魔大陸の生命も死に絶える。

だが、俺が宇宙を飛行し、遍く銀河を支配し、大神として君臨するという大義の前では、些末《さまつ》なことでしかないだろう。

俺は歪《いびつ》に唇を歪める。

「やっとか」

少々時間がかかってしまった。

だが、これで終わりだ。

最後の魔力フィールド。

その解除権限が俺のもとに届けられたのだ。俺はその権限を行使することを決定す……

ドゴオオオオオオオオオン‼

「ぐああああああああああああああああああ⁉」

アークそのものとなった俺にすら届くほどの甚大な衝撃であった。

まるでアークが流星にでもぶつかったような衝撃に、俺は思わず怒声を上げる。

「何があった！　もう少しでアリアケたちを宇宙の藻屑にっ……」

出来ると言うのに。

そう言いかけた俺の意識はそこで止まった。

理解できなかったのだ。

なぜなら。

「なぜだ……」

俺は唖然とした後、驚愕に震える。

「なぜアークが星に不時着しているのだ⁉　先ほどまで確かに俺は宇宙を航行していたはずが‼」

その叫びは、しかし、やはり一人の男の声によって遮られた。

「レメゲトン。さあ、地上に戻って来たぞ。さっさと始めようじゃないか」

始める。

始めるだと。

俺は理解が出来なかった。一体何を始めると言うのか。

「お前は星々を支配するつもりなのだろう？　なら、この星も支配してみてはどうだ？」

この星？

なぜそんな言い方をする。それではまるで……。

俺の疑問に、憎いアリアケはあっさりと答えを告げた。

「イシスではない。最も近き星、月。その地上にお前はいる。女神イルミナに備わる当然の権能『引力』により、今一時的にアークを引き寄せ、無理やり接舷させた。抵抗しても無駄だぞ。今は引力だけでなく、星の魔力を使いアークを捕らえ、膜も張り直したからな」

「な、なんだと……。まさか、最初からあのイルミナも、貴様も、これを狙っていたというのか!?」

「この程度のことは当然想定していたさ。答えるまでもない質問だな。さあ、それよりレメゲトンよ。ここは小さな星とはいえ、星は星。イルミナの魔力の総出力で拘束した。そう簡単に逃れることは出来ない」

奴が淡々と。そう淡々と事実だけを告げるのが分かる。

それがまた癪《しゃく》に障る。

「さあ、レメゲトン。もう逃げられないぞ。卑怯なまねはやめて、正々堂々と星の代理人アリアケ・ミハマとその星の住人たちと決着をつけよう。惑星イシスを裏切ったなりかけの神よ。裏切りの半神レメゲトン！」

「お、おのれええええええええええええええ!!」

俺はその侮辱に耐えきれず、ついに奴との最終決戦に挑むこととなったのだった。

～アリアケ視点～

「もはや手加減はせん！　アリアケ・ミハマぁああああ!!」

再び現れるのはレメゲトン。

だが、その表情は更に不気味に歪んでいる。

その野望の大きさと、アークを従える権能により、邪神へとなりかけているのだ。

大神レメゲトンという呼称はあながち間違いではない。

「これが最終決戦だ！　イルミナはアークを縛り付けるのに全力を傾けてくれている！　だが、もって3分。その時間で決着をつけるぞ！」

「短かすぎんだろうが!?」

「いや、そうでもないさ。考えてもみろ。惑星イシスの最大の戦力、月の女神、そしてアーク体内ではなく地上戦に持ち込めたこと。パウリナがサイスたちの制御に成功したこと。これ以上の好条件は何度やりなおしても再現不可能だ」

「ほら勇者たち、さっさとやりに行くのだ！　勇者パーティーと魔王の共闘《ワルツ》なんて、なかなかチャンスはないのだ！　楽しんで踊るのだ！」

「そんな物騒なダンスは御免こうむる！」

言い合いをする魔王と勇者たちを尻目に、フェンリルにセラ、そしてバシュータが早速攻撃を仕掛ける。

「まぁ文句を言っていても始まらぬからのう」

「そうですね、トルネード！」

「爆裂弾も目くらまし程度にはなりますかねぇ」

「よーし、あてぃしたちも行くのだ！　地獄の氷槍《バベル・ニヴルヘイム》！」

「ちくしょおおおおおおお！　アリアケ支援寄越せ！　死にたくない!!　死にたくない!!　究極的終局乱舞《ロンドミア・ワルツ》うぁあああああああ!!」

「いくらあがいても無駄だ！　喰らうが良い！　星を裂く呪殺の炎よ!!」

最初よりも更に高出力の魔力の渦が、レメゲトンから放出されようとする。

恐らく魔大陸の全てのリソースを使用しているのだ。

しかし。

「ふっ、時間稼ぎをされたらどうしようかと思っていたが、みんなが攻撃を仕掛けたことで、向こうも全力を出してきたな。相手が全力なら、それは相手の限界が見えて来た証拠に他ならない！

ならば、死中の活を拾うぞ、アリシア、コレット！　頼む！」

「「了解!!」」

ゴゴゴゴゴゴ！

カッ!!

数十倍もの大きさに肥大したレメゲトンが、俺たちを睥睨《へいげい》するようにしながら、目と口から呪殺の炎を放出した。

防御することは可能だ。

だが、この地上戦という好条件には時間制限がある。ゆえに。

「《決戦》付与！」

「グオオオオオオオオオオオオオオ!!」

コレットが美しき金色のドラゴンへとその身を変える！

「《大結界生成》《大天使の息吹》」

アリシアの大結界と大天使の息吹。これで敵の攻撃はかなり防げる上に、自動回復の効果が発揮される。

即ち、

「なぜだ!?　なぜ前進できる!?　この業火《ごうか》の前で！　恐怖はないのか!?」

レメゲトンの放つ《星を裂く呪殺の炎》に身を焼かれながらも、コレットは突き進む。

しかも、

「うわははは!!　これはたまらんのじゃ！　めっちゃ熱いのじゃ!!」

「分からぬ！　解《げ》せぬ！　なぜ止まらぬ！」

「そんなこと決まっておるのじゃ」

気づけばレメゲトンの目前にゲシュペント・ドラゴンはいた。

そして、その口腔に最大級の魔力が凝縮していく。

「愛の力じゃ！　大好きな旦那様と大好きなアリシアが全力でわしを信頼してくれるならば！」

彼女は一気に魔力を解き放つ！

「わしはその信頼に応えるまでなのじゃ!!」

「ぐああああああああああああああああ!?」

ドラゴンブレスを至近距離より浴びたレメゲトンの彫像のような顔に、ビキリ！　とヒビが入る。

「く、くそ！　離れよ!!」

レメゲトンはとっさに暴れるようにして、コレットを引きはがす。

「はぁ、はぁ、許せぬ。神に対して何たる不敬なことを。この怒りの雷撃を受けるがよい！」

今度は魔力を雷へと変換し、広域に対して超強力な雷撃による攻撃を開始する。

「ラッカライ！」

「はい！　了解しています！　聖槍ブリューナク奥義！」

「何をしようとも無駄だ！　雷撃の方が速い！」

「だから、良いんです」

「なに？」

後の先。ラッカライの神髄はそこにある。すなわち、相手を先に行動させ、それを利用して攻撃するのが彼女の最も得意とする技なのだ。

ゆえに！

「聖槍固有スキル!!　カウンター！　《対神極光・無の型》！」

雷撃は見えない。だが、それは聖槍に選ばれた彼女にとってハンデではない。体は勝手に反応し、彼女への落雷はブリューナクが吸収する。

と、同時に、

「極光の節理よ反転し、神すらも滅ぼせ！　対神極光ブリューナク！」

ドオオオオオオオオオオオオオオオン!!

「ガアアアアアアアアアアアアアアア!?」

あらゆる攻撃に反撃可能なラッカライによって、雷撃のダメージをレメゲトンは負ってしまう。

「なぜだ！　なぜこれほどまでに追い詰められる！　神たる俺が！　方舟《アーク》そのものになったこの俺が!?」

「なんだそんなことも分かっていなかったのか、レメゲトン」

「なに？」

俺の言葉が意外だったようで、レメゲトンは驚く。

だが、答えはやはり簡単なことだ。

「お前は常に玉座の上にいた。かつては大帝であり、今は神として。だが、そうして上位存在になればなるほど、それは弱点になる。なぜなら、上位なる者が悪になりし時、ヒトによって滅ぼされることが運命だからだ。それは宇宙の摂理であり、ゆえに惑星イシスの神々は誰一人、ヒトを侮っていなかった。邪神ナイアすらもな。お前はその基本すら出来ていない。神のなりそこねだ」

「なりそこね、俺が！」

「神はなりたくてなるものではない。神になりかけの俺が言うんだから間違いない」

俺は淡々と事実だけを言う。

「だからもう、それくらいにしておけ。お前に神は向いていない」

それが最後の説得だった。

しかし。

「おのれ！　認めん！　もういい、俺が神になろうが、なれまいが！　全てを破壊する！　アークも、貴様らも、そしてこの月も。最後は惑星イシスすらも!!」

そう叫ぶと、奴は更に膨張していく。

だが、それはこれまでのように魔力を放出するためのものではなかった。

「そうか。哀れなる暴走する神レメゲトンよ。俺たちごと巻き添えにして自爆するつもりだな」

俺の言葉にフェンリルやリスキス、アリシアたちが口を開く。

「さすがにそれで月が消滅してしまえば、我らとて無事ではすまんであろうなぁ」

「イルミナ族も困るのだ！」

「ですが、どうすれば？」

バシュータ、ローレライも思案する。

「時間がありやせんな」

「勇者パーティーに盾になってもらっても無駄ですよね」

3分という、奴を拘束可能な時間のことはもう考えなくていいだろう。

問題は自爆までのタイムリミット。

奴の魔力の膨張速度からして、時間はほんの10分ほどしか残っていないだろう。

だが、

「もともと奴は全てを破壊しようとしていた。自爆だろうがなんだろうが、対処法にさほど変わりはないさ。エリス、デュース、それにパウリナ」

3人に呼び掛ける。パウリナもサイスの制御から解放されて動けるようになった。

「何でしょうか、我がパートナー？」

「自爆する相手を止めるのは難しい。だとすれば遠くに破棄するしかない、そこでだ」

「そうですか、では私が犠牲になりましょう。幸いまだ推進余力は残っている。出来るだけ遠くまで運びましょう。と言うわけでデュース、後は宜しくお願いしましたよ。ただ、その代わり……」

「待て！　最後まで勝手なことばかり。ふん、王国にはあなたのような女王でも必要だ。私が行く。ふん、その代わり、だな……」

「いや、お前たち。何か勘違いして……うむ!?」

「はわわわ！　公衆の面前でチューなんて。何て破廉恥な!?」

「「お前が言うな」」

エリスとデュースがパウリナへ言った。

やれやれ。

緊急事態なのだ。俺は頭をすぐに切り替えて説明する。

「そうじゃない、そうじゃない。パウリナ。君の力でエリスとデュースの意識を別の素体に移したりはできないか？」

「へ？　それは出来ますけど……」

「エリスとデュースを自動操縦モードにして、レメゲトンを遠くまで運んで欲しい。もちろん、意識は違う素体に移した後でな。出来るか？」

「なるほど。欲しいのはこの身体だけということですね」

「誤解を与える言い方をするな」

あと、これが肝心なところだが。

「残り時間は10分もない。可能であれば太陽へ運びたいと思っている」

「それはさすがに無理ではないでしょうか。何万キロと離れています」

「ああ、だから俺たち元勇者パーティーが行く。ビビアとアリシア、頼むぞ」

「あへ？」

「アー君？」

ビビアから素っ頓狂な声が聞こえたが俺は無視して続けた。

「ビビアは特に活躍したがっていたからな。まさに大一番だ。これ以上の場面はないだろう。それに追放されはしたが、長く一緒に旅をしてきたことには変わりはない。今回の作戦は連携力が必須だ。最適のメンバーと言えるだろう」

「あばばばばば!?　いやいやいやいやいや！　ちょっと待て！　ちょっと待て！　い、嫌だ！　俺は行きたくねえ!?」

「無論、死ぬかもしれない危険なクエストだ。だが、勇者だからこそその恐怖に打ち克《か》てるだろう」

「あひいいいいいいいいい!?」

「全然打ち克ってないようですけどねえ。まぁ、私はアー君と一緒なら別にどこにでも行きますけど。ところでアー君、彼が平静になるのを待ってる時間はないですよ。作戦を教えて下さいな」

「ああ、そうだな」

その作戦を聞いて、ビビアからは更なる阿鼻叫喚が漏れたのであった。


「助けてくれえええええええええ!?」

「まぁそんなに嫌がることはないだろうに」

作戦は簡単だ。

太陽の方向を目指し、レメゲトンを大結界に包み連れて行く。

だが、通常の飛行では制限時間内に太陽にたどり着くことは出来ない。

宇宙で爆発させてしまえば、惑星イシスの地上にどういった形で被害が出るか不明だ。

そこで、まず全員で太陽の方向に向かって飛行を開始する。

そしてある程度のところで、一人が他のメンバーを押し出す形で加速を助けつつ離脱する。

これを繰り返すことで、超高速で移動することが最終的には可能になるのだ。

無論、全ての加速スキルを使用するから、最終段階のスピードは凄まじいものになるだろう。

大結界を張ってもらう必要性から、アリシアの離脱は最後から2番目だ。

「よし、行くぞ!」

「必ず勝ってくるのじゃぞ! 旦那様! 愛しているから帰ってきたら結婚するのじゃ!」

「先生、ボクもです! いいえ、私もです! 帰ってきたら一緒になりましょう! 約束ですよ!」

「我もそのように頼むぞえ？」

「え……えーっと……？」

俺が困惑していると、アリシアが手をパンパンと半眼で叩く。

「はいはい、分かりました、分かりました。今日の夜の女子会で話し合いましょう。女子会で！さ、エリスさん、デュースさん。初期加速お願いします！」

「「……」」

既に意識を他の基本素体に移した二人の身体に意識はない。合図とともに俺たちを結界ごと運んで行く。

「離せええ！　おのれ！　最後までこのような！」

「やれやれ。スキル《サイレス》」

「おのれえええええええええ!!　…………!!」

これで静かに、

「ちくしょおおおおお！　アリアケぇえええええ！　許さねえからなぁ!?　死んでも許さねええええ!!」

ならなかったようだ。

「ふっ、大丈夫だ、ビビア」

俺は泣き叫ぶビビアに微笑みながら言った。

「この程度のクエスト、何度でもクリアしてきただろう？」

そう言いながらウインクする。

「今回も問題ない。何せ世界一のポーターであり、師である俺が付いているんだからな」

「うるせええええええええええ！　絶対許さねえからなああああああああああ!!」


この辺りでいいだろう。

「よし、ビビア、俺たちを思い切り太陽の方向に向かって押せ！」

「うるせえ！　命令すんじゃねえ！　おらあ！」

ビビアは思いっきり星剣で究極的終局乱舞《ロンドミア・ワルツ》を放ちながら、こちらを超加速させる。

「帰ってきたら千倍返しだからなぁ!!　覚えてやがれくそがああ!!」

悪態をつくビビアをエリスの素体が回収して、イルミナの方へ戻って行く。

「アリシア、君もそろそろ」

「んっふっふー。嫌です」

「は？」

意外な返事に俺は驚く。しかし、彼女は嬉しそうに微笑むと。

「相変わらずニブチンですねー、アー君は。太陽の近くにあなた一人でなんて行かせる訳ないじゃないですかー」

「だが危険だぞ？」

「だからこそですよ。もし死にかけても。死んでも。私が何度でも蘇生してさしあげますから。知ってますか、アー君。私、結構重い女なんですよ？」

「そうなのか？」

「そうですよ。だから、今回のメンバーに選んでもらえたの、実は嬉しかったんです。ふふふ。ねえ、ところでアー君。気づいてますか？」

「何がだ？」

「レメゲトンさんですが、恐らく爆発を早めようとしています。魔力飽和の速度が早まってますから」

なるほど。せめて一矢報いようとしているようだ。

「とすると、やはり最後の一押しがいるな。アリシア、頼めるか？」

俺が加速して太陽に近づく必要がある。

スキルを使用すればなんとかなるだろう。

しかし。

「それだともし失敗した時に蘇生できないじゃないですか。大却下です」

「だが」

「むしろ逆にしませんか？　私にスキルをかけてもらってですね、私が加速してレメゲトンさんを太陽で自爆させるようにするんです。名案でしょう？」

　俺はその言葉に苦笑して。

「ＯＫ……というはずがないだろう？　俺はお涙頂戴な話は昔から嫌いでな。やはりハッピーエンドじゃないとなぁ」

「あー、確かにアー君に読んでもらった本《物語》は全部そうでしたねー」

　ならばどうするのか。答えは簡単だ。

「二人で力を合わせるか」

「はい、大賛成です。私のアー君！　大好きです！」

「スキル《攻撃力アップ》。デュース、すまないな。お前の素体は壊してしまう」

「すみません、デュースさん！　戻ったら、美味しいお料理をごちそうします！　聖女さんパーンチ!!」

　ドゴオオオオオオオオオン!!

　渾身の一撃でデュースの素体が爆発を起こす。

　それによって更に加速が生じた。

　このまま確実に太陽の中でレメゲトンを自爆させなくてはならない。

「このまま行くぞ、アリシア！」

「太陽の中にまで行けるなんて、アー君といると退屈しませんね。大結界を常時発動。やれやれ

〜」

（ぐ、ぐおおおおおおおおおおおおおおおおおおおお！　やめろおおおおおおおおおおおおおおおおおおお!!）

サイレスをかけてはいるが、レメゲトンが何を言っているかは如実《にょじつ》に伝わってくる。

だが、構わずに俺たちは太陽の中に入った。

そこはアビスのような灼熱の地獄。

生命が生きていける環境ではない。

そして、その時は来た。

もう沈黙スキルは解除していいだろう。

「さらばだ、レメゲトン。せめて安らかに眠るといい」

「おおおおおおおおおお！　おのれ！　なぜだ、なぜこれほどの差がある！　俺は神になるはずの男だったのに！」

その言葉に俺は微笑みを浮かべて答えを伝える。

「支配するのが神ではないからだ、レメゲトン。次生まれ変わる時は俺の弟子になるといい。神がどう振る舞うべきか教えてやれるだろう」

「ち、ちくしょぉおおおおおおおおお!!　ぎゃあああああああああああああああ!!」

ドオオオオオオオオオオオオオオン!!

魔力が飽和し、大爆発を起こす。

それはまるで星の爆発に匹敵する規模であり、太陽の中で爆発させていなければ、恐らく惑星イシスやイルミナにも大きな被害が出ていただろう。

「ぐっ!?」「きゃっ!?」

そして、爆心地の間近にいた俺たちもその余波をもろに受けた。

俺とアリシアはお互いを守り合うように抱き合いながら、彼女の結界に包まれつつ、宇宙のどこともしれない方向へと吹き飛ばされて行ったのだった。

エピローグ

「やれやれ、やっと人心地ついた」

俺は月《イルミナ》を見ながら嘆息する。

宇宙空間に妻《アリシア》と一緒に吹き飛ばされるという稀有《けう》な経験をしたが、何とか無事に惑星イシスへと仲間たち全員と帰還することが出来た。

その理由は、レメゲトンの支配から解放されたサイスたちと、基本素体に意識を移動させたエリスやデューースが再起動し、数千体のオートマタを率いて探索し、宇宙を漂う俺たちを拾ってくれたからだ。

今、こうして俺が自国オールティィに戻り、こうしてバルコニーでのんびりと夜空を見上げることが出来るのも、彼女らのおかげである。

さて、そんな彼女たちであるが、

「魔大陸とは違う食文化、実に興味深いですね。調査意欲が絶えません」

「女王！　あんたはいい加減仕事をしろ！　いつまでここにいるつもりだ!?」

「愚問ですね。全ての料理のレシピでこのメモリーをパンパンにするまでです。それにあなたも別にそこまで嫌がっているようには見えませんが？」

「い、いやぁ、それは……」

エリスとデュースが言い争っているが、いつものことである。デュースが頬を妙に染めている理由までは分からないが。因みにデュースの躯体は修理済みだ。そしてもう一人、

「上げて行きましょう～！　明日は元気に街道作りです」

サイスのご機嫌な声が響いた。

そう……三人とも、まだここにいるのである……。

いや、まぁ確かに魔大陸は現時点では起動しないことに決定したから、ある意味休息期間であることは確かなのだが。

「なぜ、俺の国にいる？」

「魔王リスキス様に旅館『あんみつ』での湯治に誘われましてね、あれはいいものです。料理も様々、文化そのものがお宝であるという新しい概念を、私は理解しました。ぜひ習得して魔大陸に持ち帰らねばなりません」

「うまいこと言っているが本音は？」

「食べ足りません。ちなみに我がパートナー。あなたの料理も楽しみの一つです」

やれやれ。

「ま、料理を通して、今まで交流のなかった魔大陸とエンデンス大陸が理解し合うというのなら良い方法か」

「さすがは我がパートナーです」

まだしばらくは滞在しそうな女王エリスたちであったが、まぁ、幸せそうだから良いだろう。

月を見上げれば、あの女神イルミナが「どわっはっはっは！」と笑っているような気がした。

……まったく、あいつには助けられたな。俺はそう思って、月に杯《さかずき》を掲げた。


さて、俺は国王でもあるが人魔同盟学校の校長でもあるので出勤する。

道中で生徒たちに出会う。魔族のルギに人間のフィネ、ドラゴニュートのキュールネーにエルフのソラ。そしてワイズ神の分体ピノをあわせた5人だ。

「あ、先生、おはようございます」

「はよーん！　先生！　聞いたぞ～、宇宙に行ったんだろ？　どんなとこだった？　どんなとこだった？」

「相変わらず規格外な活躍をしているんですねえ」

「もう少し休むべきではないでしょうか？　働き過ぎたら過労で倒れますよ！」

「魔大陸の皇帝までされて、お人好しが過ぎますね」

今回の活躍は既に市民たちの知るところだ。魔大陸との間にあった霧のカーテンが失われた以上、原因と経緯を各国に報告する必要があった。ただ報告をしたところ、賞賛と感謝の言葉。並びにいつの間にか民間に武勇伝として今回のいきさつが物語風に伝播することになってしまったのである。

「一体、いつになったらのんびり暮らせるんだ？」

俺は困った様子で言うが、

「きっとワーカホリック体質なんだよ、アリアケ先生は！」

「フィネにしては正鵠《せいこく》を射た意見ですね」

フィネの言葉を間髪入れずルギが支持した。

やれやれ、そんなことは断じてないんだがなぁ。

まぁ、とはいえ、

「フィネとルギのように、種族を超えて仲良くなれる奴らが一緒に暮らせるように、ほどほどに頑張るさ」

「「なっ!?」」

顔を赤らめる二人を笑ってから、俺は一足先に校舎へと向かうのだった。

さて、校務も終わり、視察も兼ねて寄り道をして帰ることにした。

目的地の一つ目は、

「まぁ、ようこそ旅館『あんみつ』へ〜。国王様お一人ご案内でーす！」

「『ようこそ、アリアケ様!!』」

そう、旅館『あんみつ』である。ここは他国の要人が逗留する特別な施設でもあり、時折俺も訪れて様子を見るようにしているのだ。かつて助けた獣人族のハスとアンもここで従業員として働いている。

ところで、今日泊っていたのは、

「おおー、アリアケっちも来たのだ？　いいお湯だったのだ〜。それにしても、今回は宇宙戦だったし、きっとアリアケっちもお疲れなのだ。ゆっくりしていくべきなのだ。そう、この魔王もさすがに疲れたので、こうしてブリギッテ女将の世話になっているのだ」

魔王リスキスと、

「まぁ、たまにはこうして羽休みも必要ですしね。アリアケ様のグッズを魔大陸へ展開する前に休息も必要です！」

セラ姫と、

「ミルノーちゃんも今回は頑張った！　だからこうやって自分へのご褒美をあげてるんだ！　いいよね！　女王にだって休息は必要なんだから！　ちゃんと大臣たちにも連絡して、『いなくても全然大丈夫』っていう返事もあったから！」

ミルノー女王だった。はからずも王族グループだ。

と、そんなことを思っていると、リスキスが首を傾げて言った。

「ミルノーっち、その大臣たちの『いなくても全然大丈夫』って、それはそれでどうなのだ？　……ん？　あれ、っていうかあてぃしも、もしかして、魔王国でそういう扱いになってるかもなのだ？　めっちゃ不安になってきたのだ!?」

「あれ、あれ？　私って要らない子って言われてる？　あれれー？」

不安になる二人につられるように、セラも首を傾げ始めた。

「そう言えば、私もグッズ展開の話ばかりお兄様にしていたら、最近、お兄様からは『好きにしていいよ』という生温かい返事しかかえって来ないようになっている気がします」

三人はテンパり始めながらも、

「大丈夫ですよ。きっと何とかなりますよ。さあ、それより美味しいお料理が待ってますよ。お酒もご用意してますからね～。あ、ハスさん、アンさん、配膳のほうお願いしますね」

「「はい！　それではアリアケ様、失礼します」」

二人は廊下の奥に消えていく。

一方、魔王たちは、

「そ、そうなのだ。うんうん、きっと何とかなるのだ！」

「そうだよね！　ミルノーちゃんが要らない子なはずなかった！　アハハハハ」

「私はエルフの姫、ちゃんとエルフの里の木材交易なんかにも貢献してるから大丈夫なはず。大丈夫、大丈夫、ふ、ふふふ」

そう言って、何だか不気味な様相で笑うのだった。

「ブリギッテ。確かに居心地の良い最高の宿を作って欲しいとは言ったが……、この三人を見ていると微妙に洗脳状態のように思えるのだが……」

「アリアケ君も利用して行ってくださいよ。いつでもこのブリギッテお姉さんが、超特別サービスをしちゃいますからね♡」

そう言って満面の笑みを浮かべるが、どうにも嫌な予感しかしないので、退散することにした。

あの三人はあのままでいいのだろうか……。

「ま、まぁ、あまり深く考えないでおこう」

もう一つ寄る場所があることだしな。


俺は旅館から帰宅途中にある農地へやって来た。

そこで芋作りをしている一人の少女がいたので声をかける。

「魔大帝パウリナ。精が出るな」

「ふわあああああああああ!?」

俺の挨拶にその少女、魔大帝パウリナはなぜか悲鳴を上げた。

「どうした、魔大帝。何かトラブルか?」

「王様、その呼び方やめてくださいよ〜」

ドヨーンとした表情で言った。

「仕方ないだろう。魔大陸は再度スタンバイ状態になって、元の位置に戻ったが、もうあのレメゲトンはいない。魔大陸を唯一起動出来るアクセス・キーであり、またサイスたちを操る権能を持つ君が魔大帝になるしかないからなあ」

「ほええええ!? お芋をふかして食べたいだけの人生なのに、いつの間にこんなことに!?」

「まぁ、サイスたちが全力でバックアップしてくれるだろう。それに余り気負う必要もないさ」

「そ、そうなんですか？ な、なぜですか？」

彼女は疑問を浮かべるが、俺は微笑みながら答える。

「いざとなれば、俺が助けるしな」

「お、王様！ そ、そうですね、さすが王様です！ け、結婚してください！」

「ははは、それだけ冗談が言えるなら大丈夫だ」

「冗談じゃないのにぃ!?」

まぁ、ともかく彼女もこの国でゆっくりしていけばいい。ここは誰であれ受け入れる国なのだから。

「ただいま～」

俺は玄関をくぐる。すると、

「お帰りなさい、アー君」

「ただいま、アリシア」

愛しい妻が待っていてくれた。まぁ、彼女も人魔同盟学校の先生なので、職場でも会ってはいるのだが。

「今日のご飯はアー君の好きなパスタですよ～。むっふっふー、楽しみにしていてくださいね～」

「ああ、俺も手伝おう」

そう言って、奥の厨房へと入ろうとする。

が、

「ふむ、主様、それには及ばんぞえ。我が手伝っておるゆえな。ゆっくり休んでいるが良かろうて」

「そうですね、アリアケ先生にはちゃんと休んでもらわないと。心を込めた料理を美味しく召し上がってもらうことが、先生のお仕事です！」

「わしのブレスで美味しく炒めた焼肉をぜひ堪能すると良いのじゃ♡」

「私は盲点であるところの、食後のデザートを用意しておきますね」

と、そんなアリシア以外の声が聞こえて来た。

厨房をのぞけば、エプロン姿の美少女４人が広めのスペースで分担して料理を作っている。

さすがに俺が入ったらスペース的に邪魔か。

ただ、

「なぜ3日に一度、全員家にいるんだ？」

そう。なぜかコレットにラッカライ、フェンリル、そしてローレライたちは、毎日ではないのだが3日に一度はこうして我が家に集合し、料理をして宿泊していくのである。

もちろん、俺は構わないし、大事な仲間なので問題ないのだが。

なぜか、俺の知らないうちに、特別なルールが施行されている気がしてならないのであった。

「ふー、アー君。第108回女子会……。聖女さんからはこれ以上のことは言えないのです」

「そうなのか」

「ええ、ええ。まぁ新婚生活を二人きりで堪能したい！　超したい！　という気持ちも山々なのですが、そこは魚心《うおごころ》あれば水心《みずごころ》。私の背中を押してくれたり、ちゃんと順番を待ってくれたりもしてくれてますし、何より大切な……」

「おお、大切な何であるかえ？」

「なんでもありませーん！　はいはい、食事にしましょう食事に！」

パンパンとアリシアが手を叩いて仕切り直そうとする。

だが、フェンリルはニヤニヤしながら言った。

「うむうむ、我もそなたらを大切な仲間であり、家族であると思っておるぞえ？　にゅふふふふ」

「やめなさーい!? 恥ずかしいでしょうが!! 聖女さんハリケーン・パンチを放ちますよ!?」

途中で切った言葉の続きを言われて、アリシアが赤面する。

しかし、コレットとラッカライ、ローレライも元気に口を開く。

「わしじゃって、わしじゃって! 旦那様やアリシア、ラッカライやフェンリル、ローレライのことを大切に思っておるのじゃ! ずーっと一緒なのじゃ! あと旦那様との子供が欲しいのじゃ!!

本当の家族になるのじゃ!」

「うわー! コレットちゃん! どさくさに紛れて何て大胆な! 大胆さは美少女ドラゴンさんの特権ですか!? うう、美少女はさすがです!」

「ボ、ボクも! い、いいえ、私もアリアケ先生のことが大好きです。結婚しましょう! お姉様の次に!」

「ラッカライちゃんも女子力高い! ちゃんとコレットちゃんたちを立てた上で、求婚するなんて!」

「むふふ、出来た者たちであるな。我は別に後回しでも良いぞえ。ただ、我も本当の家族になりたいのう」

「はい、私もです。ぜひその際はお誘いのほどを。既成事実が大事ですから!」

むむむ。

さすがの俺も女子会でどういったことが話されたのか、何となく察しがついたのだった。

そして、それがアリシア公認であることも。

いつの間にこんな状態になっていたのかは想像だにつかないが！

「えーっと、そうだな……」

俺はアリシアを見てから、どうするか決めた。

「アリシアと俺の子供が出来たら、その後考えよう」

まずは自分たち夫婦のことが優先だと思ったからだ。

しかし、

「あ、それなんですが、アー君。えっとですね」

「へ？」

彼女は顔を赤らめながら、嬉しい報告を俺に告げたのであった。

~1年後~

「おい、アリアケよぉ」

「何だビビア」

俺とビビアは並んで座っていた。お互いに赤ん坊を抱っこしながら。

「俺の子供、超可愛いと思わねえか？」

「ふむ、そうだな」

俺はビビアが抱っこしている、小さな生まれたての生命を見下ろす。

女の子だ。

「とても可愛いな」

「そうだろう！　そうだろう！　ぐひひひひ！」

大笑いするビビアに対して、後ろから声が飛んできた。

「ちょっと、ダーリン！　その笑い方は情操教育に悪いですわ!!」

「なんだと！　じゃあ、俺に『ハハハハ』と笑えってのか!?」

「それはそれで気持ち悪いですわねえ」

「むがー!?」

デリアの言葉に、ビビアが不服の声を上げた。ただ、赤ちゃんを起こさない程度の声でだ。

「ところで俺の子はどうだ？」

「ふん！」

ビビアは鼻を鳴らして言った。俺の抱く小さな男の子を睥睨すると。

「可愛いに決まってんだろうが。馬鹿めが！」

「ふ、そうだな、馬鹿な質問だったか」

その言葉に後ろから声が飛んできた。

「ちょっと、アー君、馬鹿なんて言葉使っちゃだめですよ～。情操教育に悪いですからね～」

「む、確かに」

アリシアの言葉に反省する。

「難しいものだなあ」

「まったくだ、けっ」

俺たち二人は赤ん坊をだっこしながら会話する。

「ところで賢者パーティーは一旦解散したらしいじゃねえか。良かったのかよ」

「勇者パーティーもだろう？」

「ふん、まあな」

魔王討伐自体はもはや人類の目的ではない。

だからパーティー自体は解散しても差し支えない。

ただ、無論、強力なモンスターは今なお存在するため、その討伐任務に赴くパーティーは必要なのだが。

しかし、俺は肩をすくめて言った。

「次の世代が育つさ。これまでもヒトはそうやって進歩して来た。俺からお前たち弟子が巣立って成長したようにな」

「一度もお前の弟子になったことなんてねえよ、ボケが！」

「ダーリン！」

「アー君！」

叱責の声がもう一度飛んできた。

やれやれ。

俺はもう一度手元の赤ん坊らの稚《いとけな》い表情を見る。

赤ん坊の体温が伝わってくる。

それだけで幸せな気持ちになった。

それはまさに、これからの明るい未来そのものだと思うのだった。

終わり

あとがき

いつもお世話になっております。初枝れんげです。

拙作をお手に取っていただきありがとうございます。

第7巻いかがでしたでしょうか？

これにて長く続きました、この物語も一旦の完結となります。

個人的な趣味から完全な大団円。

ハッピーエンド！

とさせて頂きました。

すべてのキャラクターたちが笑って明日を迎えられるようなラストにすることは最初から決めておりましたので、皆が収まるところに収まった形に出来てとても満足しています。

ここまで執筆を続けてこられたのも、応援して下さった読者の皆様や、本を世に送り出すためにご尽力下さった出版社の方々のお力添えの賜物です。

初枝は本当に幸せ者だと思います。

この場を借りて、深く深くお礼申し上げます。

さて、少し紙面が許して下さるようなので、この物語を書き始めたきっかけなどを少々懐古させて頂きます。

当時はいわゆる『追放もの』というジャンルが流行していました。

このジャンルの特徴は、主人公が勇者パーティーから理不尽な理由で、無理やり追い出されてしまう。しかし、その後、主人公は成り上がって行き、勇者パーティーが酷い目に遭って終わる。

そういうケースが多いのですが、あまりそういう形にしたくないな、と思っていました。

反対に、追放された主人公が追放した勇者たちを本気では憎み切れず、むしろ徐々に仲良くなっていくようなストーリー。

あるいは、勇者たちが徐々に追放した主人公と仲直りしていくストーリー。

そういう、一風変わった物語に出来たら面白いだろうなと思っておりました。

ただ、実際に物語が走り出すと、予想外のことが起きました。

追放される主人公のアリアケにしても、追放する勇者ビビアにしても。

そして、その取り巻きの互いの仲間にしても、非常に個性的なキャラクターばかりになってしまい……。

あまり、ほのぼのとした仲良くなるようなストーリーではなく、喧嘩しながらお互いのことをよく知っていく。

旅に同道して口喧嘩しながらも、世界を偶々一緒に救う。

最後は互いに父親になって、次代を担う子供をその手に抱く。

そういう物語になりました。

これらは私が最初から想定していたものではなくて、キャラクターたちが物語の中で自由に泳ぎ回って紡いだ物語の結果であったと思います。

そういう形で、最後まで彼らの行く末を描けて本当に幸せでした。

改めて読者の皆様、出版に係わって下さった皆様に深くお礼申し上げます。


さて、いつも末筆となりまして大変失礼ながら、本作に最もご尽力いただいた柴乃櫂人先生にお礼申し上げたいと思います。

いつも当方の拙文を美しいイラストに仕上げて頂き本当にありがとうございました。

いつも頂く美麗なイラストに感動しておりました。

また、コミックでは、くりもとぴんこ先生が、やはりキャラクターたちを活き活きと可愛く描いて下さっており、原稿を頂くたびに瞠目しておりました。

お二方のご尽力と、素晴らしい絵に心から敬意を表します。

このたびは、おかげさまで最終巻を無事、お届けすることが出来ました。

くりもとぴんこ先生のコミックはまだまだ続きますので、そちらは今後とも何卒よろしくお願いいたします。

さて、これにて言い残すことはございません。

本当に幸せな時間をありがとうございました。

読者の皆様に最後にもう一度、深く感謝申し上げます。

終

祝 完結!!
初枝れんげ先生
お疲れ様でした!
読者の皆様
ありがとうございました!

SQEXノベル

勇者パーティーを追放された俺だが、俺から巣立ってくれたようで嬉しい。……なので大聖女、お前に追って来られては困るのだが？　7

著者
初枝れんげ
イラストレーター
柴乃櫂人

2023年10月6日　初版発行

発行人
松浦克義
発行所
株式会社スクウェア・エニックス
〒160−8430
東京都新宿区新宿6−27−30　新宿イーストサイドスクエア
（お問い合わせ）スクウェア・エニックス　サポートセンター
https://sqex.to/PUB
印刷所
図書印刷株式会社
担当編集
鈴木優作
装幀
冨永尚弘（木村デザイン・ラボ）

ISBN978-4-7575-8776-2 C0093　　Printed in Japan